サンセット・ボーイズ

SUNSET BOYS

菊池次郎

東京図書出版

サンセット・ボーイズ❖目次

第一章　村の住人たち

江戸川の河川敷は、水際まで一面枯れ葦に覆われ、風に吹かれて波のように揺れていた。夏の間のむせ返るような緑も、今は灰色に変わり、宛ら冬の海を見るようであった。その中から何に驚いたのであろうか、小鳥の群れが一斉に飛び出してきて空を覆った。もうすぐ、遠い北の国から水鳥が渡ってくる季節であった。

枯れ葦の途切れた先にある護岸用コンクリート・ブロックの上で、男が一人、リールの付いた釣り竿を振っているのが見えた。

リールを巻くたびに、午後の傾いた日差しが水面に反射して、男の目には眩しく映っているはずであった。それでも男は、目深に被った野球帽の奥から、川上から川下に流されていく浮きの行方をじっと目で追い続けていた。近くに寄って見ると、キャスティングの俊敏さの割には、その横顔も後ろ姿にも、老いの影は隠しようもなく表れていた。

「社長、釣れるかい？」

「ああ、代議士先生か！　まあまあだな。そっちは上がりかよ」

男は、ちらりと振り返っただけで、そのまま神経を竿先に集中し続けていた。代議士と呼ばれた男も、黙って男の背中越しに釣り竿の先を見詰めていた。風は少し冷たかったが、日差しは暖かだった。

その瞬間を待っていたのか、浮きが沈むのと同時に竿先を上げると、竿が急激にしなった。男は無言でリールを巻き上げていった。太いテグスがピーンと張って今にも切れそうになりながら、水中を駆け回っている。大物に違いなかった。

男は、獲物を追い詰める狼のように冷静だった。竿を煽って、リールを巻き上げるかと思えば、魚の走るに任せ、疲れた頃合いを見計らっては巻き上げ、弱ってくるのをじっと待っているのだ。どのくらいの時間が経ったであろうか。最後の力を振り絞ってジャンプしたのは、大きな鯉だった。

男の巻き上げるリールの音が勝ち誇ったように響いてきて、やがてそれも静かになった。

「ようし、やった！」

両手で持ち上げたたも網の中に、七、八十センチは優にある鯉が未練がましくのたうっていた。

「やったね、社長。こんなでかいのいるんだ。この川に」

代議士が傍まで来て、感心したように鯉に見入っていた。

「これどうするんだい。食うのかい？」

「当たり前よ。二、三時間、真水に浸けておけば充分だ。今晩は鯉こくだぞ」

社長と呼ばれた男自身にもこのサイズは驚きと見えて、息を弾ませた声がちょっと自慢気に聞こえた。やがて二人は、釣り道具を片付けると、網に入れた鯉を肩に担いで歩きだした。

葦原の一画に、ブルーテントが五つほど散らばって建っていた。中でも、ちょっと色褪せているが、頑丈そうなテントの前で社長は止まった。代議士のテントは隣のようだった。

陽が西に沈みかけると、肌寒くなってきた。夕暮れが迫っていた。鉄橋を渡る電車の窓には明かりが灯っていた。

ドラム缶を三分の一に切り詰めた火盥の中で、薪が燃えていた。その周りを取り囲むように、四人の男たちが座っていた。辺りは暗くなって、燃え上がる炎だけが男たちを照らし出していた。

「よし煮えたぞ。今日は特製の鍋だからな。心して食え」

社長は、火に掛かった大きな鍋から、お玉で四人の器に具と汁を装ってやった。

「駐在、熱いから気を付けろ。大体、缶詰の缶はないだろうよ。入れ物ぐらいあるだろう」

駐在と呼ばれた男が、台に置いた缶を素手で取ろうとして「あちち」と叫んでいた。

「社長、旨いね。鯉こくなんていつ以来かな」

代議士が、汁を「ふーふー」吹きながら一口啜り、感激したように言った。

「えっ。これ鯉なんですか。何処で手に入れたんですか？」

「何処って、決まってるだろうよ。俺がここで釣ったんだ。何か不服か。学者さんよう」

「この川の魚って食えるんですかね」

学者と呼ばれた男は、口籠もりながら小さな声で言った。

「当たり前だ。魚が生きているんだから、人間が食えないはずがないだろう。大体だな、消費者庁だの環境庁なんて糞の役にも立ちはしない。何が安全基準だ。違うか、代議士先生」

「全くその通り。役人なんて生き物はいない方が世の中の為になるんだ。手前たちの都合の良い情報しか流さないんだからな」

「まあ難しい話は後にして、この魚旨いすね。まさに鯉ですね。私もね、小さい頃はよく鯉を釣りましたよ。長野の田舎でね。でもこんな大きいのは初めてだな」

駐在が、熱そうに空き缶から魚の身を箸でつまんでは旨そうに食べていた。

「ところで、球児はどうしたんだ？」

社長が誰にというわけでなく訊いた。

「ああ、あいつは駅前で売《バイ》ですよ。今頃が書き入れ時だから」

男たちは鯉こくを啜りながら黙々と飯を食べていた。飯は、自分で鍋で炊いた者、スーパーの賞味時間切れの弁当を食べる者、何処から手に入れたのかパンを齧る者、様々だった。

暗がりの中から、ぬっと大きな男が自転車を押して現れた。

「おお、良い匂いだな。腹減ったなあ、俺にもご相伴にあずからしてくれよな」

「ああ、球児。お前の分も取ってあるから、さあ一緒に食え」

社長の声は、顔が見えないだけに、何だか嬉しそうに聞こえた。

球児と呼ばれた男は、傍にあった木の箱にどっかりと座ると、ビニール袋から売れ残りの特売弁当を取り出していた。

「ほら、熱いぞ。食え」

男は、社長が装ってくれたプラスチックの器を無造作に受け取ると、箸も付けずにフーフー冷ましながら、待ちきれずにゴクリと飲みこんだ。

「うめえ！　しみじみするなあ、味噌汁は」

「球児、味わって食えよ。中身は何だと思う」

漸く箸を使って中身を食べ始めた球児は、「鯉だ。鯉こくだっぺ」と素っ頓狂な声を上げた。

「闇鍋みたいで、よく分かったな」

「当たり前よ。俺は、霞ヶ浦で育ったんだぜ。鯉こくはお手のものさ。……へー、社長かい、釣ったのは」

「そうだ。俺が釣ったんだ。一メートルはあったなあ。こんな大物は久しぶりだよ」

「社長、一メートルはちょっと鯖でないすか。これは鯉なんでね」

「そうか。ちょっと足りなかったか」

「そう、もうちょっとね」

代議士が混ぜっ返すように言うと、暗闇の中から笑いが起こった。もう辺りは真っ暗だった。

川を跨ぐ橋の上を、ヘッドライトが光の帯となって蠢いているのが遠くに見えていた。対岸からは、何十万もの人間たちの生きているエネルギーが、白っぽい闇になって川面を覆っていた。空を見上げれば、こんな都会の片隅でも、薄ぼんやりとした星たちが恥ずかしげに瞬いていた。

静かだった。火盥を囲んで座った男たちの顔を、時々はじける炎が、安物のカメラのフラッシュのように照らし出していた。

「そろそろ冬だな。俺、寒いの苦手なんだよなあ……」

誰かが物憂げに言った。

「こういう時に酒でもあればな」

それに応えるように、代議士がつと立ち上がり、自分のテントに入っていって何かを抱えて戻って来た。

「へへへーあるんだよなあ、酒が。それも極上の日本酒が」

一升瓶を火の上に翳して見せた。

「オー、トレビアン！　本物かよう？」

一オクターブ高いのは、駐在の嬉しい時の癖だった。

「本物に決まっているだろう。政治家は『嘘つかない』だよ」

「嘘つけ。政治家ほど信用ならない輩はいるか」

誰かが、使い古しの紙コップを皆に配っていた。代議士は一つ一つコップに酒を注いで回った。

誰かが、注がれた紙コップの酒を鼻先に近づけ「おー、酒の匂いだ」と言って、次は炎に翳して中を見ていた。

「何だか、尿検査みたいだな。この色、ちょっと濃いぜ」

そんな言葉にお構いなく、球児が一気に飲み干した。

「うめえ、滲みるー。酒だ！」

「うん、ほんまもんの酒だ」

「酒だなあー……しかしちょっと酸っぱくないですか。これ賞味期限切れと違いますか？」

学者は、どこかの研究室の先生が、学生の実験結果を批判するような言い方をした。

代議士が、二杯目を球児に注いでやりながら、学者に言った。

「お前はどうして物事を懐疑的に考えるんだ。いや、この場合、悲観的と言った方が正しいな。そもそも賞味期限ってなんだよ。味が旨かろうが不味かろうが、そんなの大きなお世話だよ。毒だって言うのなら別だぜ。立派な酒だよ、これは」

「そうだ。俺の子供の頃、田舎では、何処の家でもどぶろく造って飲んでいたな。俺も中学の時から飲んでいたよ。ちょっと酸っぱくなりかけたのが一等旨いんだ。だからこれも旨い酒だべよ」

社長は、本当に日本酒が好きだと見えて、一口一口噛み締めるように飲んでいる。

「代議士先生。これ何処で手に入れたんだ?」

駐在が訊いた。

「勿論、正当な方法で頂いたのよ。『世界の子供たちに食べ物を』NPO日本支部としてな」

「酒と子供たちの食べ物と関係ないんじゃないの」

「おいおい駐在よ、お前までそうか。グローバル人間のお前さんもかよ。要するに、今の新自由主義思想が社会を駄目にしているんだぜ。物質的快楽を追求するこの風潮が、金の亡者を生み出しているんだよ。果てしなき成長を追いかけて、何処に行くんだよ。成長の限界だよ。俺はそういう社会に、一石を投じようとしているんだぜ」

代議士の語りは熱を帯びてきた。

「分かったよ。先生のご高説は。怪しい物でなければOKよ」

「へへー。実は今日な、いつものようにNPOの名刺を持って出かけたのよ。そいでもって、一戸建ての立派なお家を訪問したら、お婆さんが一人で暮らしていてな、それで頂いたのさ」

「何だかよく分からんけど、いつもの手で頂いたわけだ」

「おい、何か人を詐欺師みたいに言うなよ。ちゃんと趣旨に共感していただいたんだからな。『もったいない』という高邁な理念にな」

「難しい話はともかく、物を大事にするのは日本人の美徳だったはずですよね。いつの時代からこうなったんですかね。やはりバブルのせいでしょうかね」

「そうだ、バブルが悪いんだよ、全てな。……そうでなければ今頃は、俺だって上場会社のオーナー社長だったのさ」

手元の酒を見ながら社長がしんみりと言った。

代議士が一升瓶を逆さにして、社長の紙コップに最後の一滴まで絞り出してやった。

「ふうん。で、そのオーナー社長さんが何で河川敷のテント暮らしなんですか？　失礼ですけど」

駐在が興味ありげに訊いた。

「うん、何でってか。お前らも聞きたいか？」

社長が皆を見回した。代議士はいつだったか忘れたが、二人だけの時に、その話を聞かされていたがその場は黙っていた。

「あれは昭和の御世が終わる頃のことだったなー……」

社長は、紙コップの酒を大事そうに、ちびりちびり飲みながら、ぽつりぽつり話し始めた。

「俺は、大田区でちょっとした機械加工メーカーの社長さ。多い時で四、五十人も使っていたかなあ。『黒澤機械加工株式会社』って言うんだけどな。本当だぜ、上場の話は。証券会社や銀行も自分とところに任せろってさー、こっちもその気になっていたよ。よく銀座あたりに飲みに行ったもんさ」

「へー、豪勢だな。で、何でそうならなかったのさ」

駐在が、半畳を入れてきた。

「それがな、自動車部品の元請けが倒産してな、こっちまで連鎖倒産さ。元請けの馬鹿親父、不動産に手を出してな、あっという間さ。こっちだって、やっと借金して新しい機械入れたばっかりでよ。工場の担保価値なんか二束三文さ。そうなると、銀行は酷いからな。それこそ病人の寝てる布団まで剝いでゆくようなもんだぜ。すってんてんさ。それ以来何をやっても裏目だったな……」

本当に昔を思い出したのか、話しているうちに、社長の眉間に縦皺が寄っていた。

「社長さん。そう言えば家族は?」

代議士が遠慮がちに訊いた。家族のことには触れないのが、この村の暗黙の了解のはずだった。

「家族か?」

社長はちょっと考えるふうに頭を振った。

「いたさ。子供もな。俺が倒産した後、嬶の名前で会社を作ってなあ、細々機械加工の下請けをやったんだ。だけどその後はご存じの通り、輸出メーカーの下請け虐めよ。あれこそ搾取だよな。やっていけるわけがないよ。嬶は十年前に死んじまった。……息子が一人いるんだけど、日本にいない。外国で暮らしている」

「へえー、すごいじゃないすか。そのうち、一旗揚げて、親父を迎えに来るんじゃないのかい」

そんな話、誰も信じるはずがなかったが、代議士が、さも感心したように言った。言われた社長本人の顔が、火に照らされた口元が、微かに笑っているようだった。

太めの薪が燃え尽きると、火の勢いも小さくなって薄暗くなり、周りの空気が急に冷たく感じられた。薪を継ぎ足さなければ、間もなく火が消えてしまうのは誰の目にも明らかだった。薪は貴重な燃料であった。

誰もが腰を上げたくなかった。いつまでも、この温もりから抜け出したくなかったのだ。どん詰まりの人生で、自己を誇示しうるただ一つのブルーテントには、暗闇と沈黙が待っているだけであった。そこには、擦り切れてしまった過去と、いまこの瞬間の孤独とが存在するだけであった。

火が消えかかっていた。

痺れを切らしたように、最初に腰を上げたのは球児だった。

「さあて、寝るか。先生よ、日本酒なんて贅沢は言わないから焼酎でもまた頼むぜ。社長、今日の鯉こく旨かったよ」

球児が、売れ残りの週刊誌の束を抱えて自分のテントに消えると、他の男たちも、それを潮に自分たちのテントへと散って行った。

やがて、火盥の火が完全に燃え尽きると、辺りは真っ暗な闇に包まれていた。鉄橋を渡る電車の音だけが、柱時計のように決まった間隔でゴーと鳴り響いていた。それも、男たちの鼾がテントから聞こえる頃には、いつの間にか消えてしまっていた。


朝の五時、辺りはまだ闇が支配する時間である。

最初にテントから這い出してきたのは、駐在と学者だった。他のテントからは物音一つ聞こえてこなかった。

学者が、社長のテントの横に置いてあった古びたリヤカーを引き出すと、駐在は頑丈そうな自転車を押してその後に従った。二人は暗い中、土手を登り堤防の上を歩いていた。川の流れに沿って暫く下って行くと、やがて、住宅街に続く道を降りて行った。

平らな道路に出ると、駐在は自転車に乗って走り去った。残された学者は、犬に吠えられないように、音を立てずにリヤカーを引いていた。時々、暁烏《あけがらす》が鳴いていた。

道端の電信柱の陰に、黒い塊が置いてあるのが見えてきた。近づくと、セパレート型のオーディオ・セットだった。学者は辺りを見回し、人のいないのを確認してからリヤカーに積み込むと、急いでその場を離れた。

今日は不燃物のゴミ処理の日であった。家電リサイクル法が出来るまでは、テレビやパソコン等、結構な物がゴミとして捨てられていたが、最近はさっぱりだった。

少し、東の空が明るくなってきた。リヤカーを引く手が汗ばんできた。道路からちょっと入った所にマンションがあった。そのゴミ集積場に子供用の自転車が置かれていた。それを積み込む時に、ガタンという音がして、思わず辺りを見回し、急いで元来た道を引き返した。完全に夜が明ける前に、街を抜けだしたかった。

学者はいつまで経っても、この仕事に慣れなかった。かつて、自分が勉強した六法全書の何処にも書かれていないことであったが、何だかいつも後ろめたさを感じていた。

それでも今日は収穫であった。堤防に上がる勾配はきつかった。登り切る頃に、駐在の自転車が追いついた。自転車の前と後ろには古着の束が山になっていた。

「よう、収穫だな。こっちもな」

駐在が自転車を押しながら言った。

堤防から見下ろすと、ブルーテントの間に動く人影が小さく見えていた。誰かが、火盥で火を起こしているところだった。近づくと、案の定社長だった。

「社長、早いっすね」

「ああ、駐在か。今日の収穫は？　ありそうだな」

社長は、ちろちろと燃える炎を愛しそうに、手で囲い、息を吹き掛けて火を起こそうとしていた。漸く太めの枝が、パチパチと音を立てて煙を吐きだし、見る間に炎が燃え上がった。

「学者も一緒か。おっ、大漁だな、今日は」

火から目を離し、学者の引くリヤカーを見て言った。

リヤカーは社長の大事な財産だったが、足が悪くなって、ここ二、三年は専ら学者が使っている。不燃ゴミの中から、再生可能な物を収集してくるのは学者の仕事になっていた。

早速、リヤカーからオーディオ・セットと子供用自転車を下ろすと、ブルーテントの後ろにある再生工場兼商品倉庫に運び込んだ。もっとも、工場も倉庫もビニールの覆いがあるだけの代物であったが、彼らはそう呼んでいた。

家電製品はそのまま転売できたし、自転車はちょっと修理すれば、中古品として立派な商品となった。社長は器用に機械も電気も修理が出来た。それを、時々回収に来る業者に売って、銭を稼いでいたのだ。

そういう意味では、社長と学者は共同事業者だった。いや、リヤカーや倉庫を持っている社長が資本家であるなら、学者はやっぱり労働者かもしれない。それでも、売ったあがりはフィフティ・フィフティにしていた。ここには、株主間契約も雇用契約も不要だった。あるのは、原始共同体的な信頼関係だけであった。

朝飯は、勝手に取っていた。熱源は火盥だった。昨夜の残りの飯をお粥にして食べる者、どこから手に入れたのか、手の付いていない食パンのビニールを破って取り出す者、やおら小さな鍋でインスタント・ラーメンを作る者、様々だった。

さすがに、太陽が昇ってテントから出てこない者はいなかった。昔、と言ってもたった百数十年前のことであるが、電気のない社会では当たり前であったように、夜明けとともに起き出すのが生きていくための必須条件なのだ。

球児は、朝飯を済ますと、自分のテントから週刊誌とコミックの入った袋を取り出し、自転車の荷台に積んだ。仕入れは、電車の網棚と駅のゴミ箱であった。これからＪＲと私鉄の交差する駅前で売《バイ》をしに行くのだ。目当ては、通勤客と通学生で、時間が勝負だった。週刊誌もコミックも生もので、鮮度が落ちると忽ち売れ残ってしまうのだ。

「ちょっくら商売に行ってくるぜ」

誰にともなく声を掛けると、大きな体を左右に揺すって、自転車をこぎ出していった。

陽が高くなった頃、テントから出て来たのは、この場所に相応しくない男の格好だった。背広に革靴、ちょっとくたびれているが、白いワイシャツにネクタイまでしていた。右手には、サラリーマンですと言いたげに、ビニールの黒い手提げ鞄までぶら下げた、代議士だった。薄くなった頭を七三に分け、髭も綺麗に剃ったすまし顔は、誰が見ても立派な営業マンであった。

「代議士先生、今日はどちらへお出かけですか」

駐在が声を掛けた。

「今日はな、高級住宅街を狙ってみようと思ってさ。一張羅で決めてみたのよ」

代議士は、ちょっとがたついたママチャリに跨ると、胸を張って颯爽と言いたいが、日本男子の典型的なメタボに短足、ふうふう言いながら土手を登って行った。

代議士が足を止めたのは小綺麗な庭のある個住宅の前であった。インターホンを押すと、

「はーい、どちら様ですか」

女の声がした。

「失礼します。私、『世界の子供たちに食べ物を』NPO法人日本支部の者でございます。少しだけお時間を頂戴できますでしょうか」

「はあ、どんな話ですか?」

飛び込み営業の九割は、話も聞いてくれないのが当たり前であった。怪しまれても不思議はなかった。

「押し売りや、何かの勧誘ではございませんのでご安心ください。『ワールド・チルドレンズ・サポート』NPOをご存じでしょうか。多分、名前はお聞きになったことがあると思いますが、国際的な非営利団体の日本支部から参りました、渡辺と申します。こういう活動があるのはご存じですよね」

「ええ、まあ。で、どんなご用ですか?」

自称金持ちは、プライドが高い。この女も横文字を並べられ、その意味が少しでも分かると、すっかり安心したのかもしれない。

「では、五分だけお話をさせていただきます」

代議士は、門を入り、玄関のチャイムを押すと、ドアが細めに開き、隙間から五十過ぎの女

の顔が覗いていた。代議士はおもむろに名刺を取り出し、ドア越しに渡した。

名刺の表には、――『世界の子供たちに食べ物を』ＮＰＯ法人日本支部――と書かれ、裏には英文が書かれてあった。

女は、最初に英文の方を見せられ、どぎまぎして、次に引っくり返し日本語を発見して安堵したのか、緩んだ顔つきになった。

「奥様、国連のユニセフがやっておりますＷＦＰ活動をご存じだと思いますが、私どもはその一環として活動しておりますＮＰＯの日本支部の者でございます。具体的には、名刺にも書いてございますように、世界中の飢餓に苦しんでいる子供たちに、食料を届ける活動でございます」

代議士は口元に笑みを浮かべ、キリスト教の伝道師の如く、よどみない調子で話していたが、そこでちょっと間を置いた。それは、女に少しは考える時間を与える為であるが、だからと言って、深く考えさせないことも大事なポイントであった。

「奥様、世界中では、今この瞬間も何万もの子供たちが栄養失調で死んでゆくのをご存じですよね。一方日本では、どれだけの食べ物を無駄に捨てているか。私どもは、寄付を仰いでいるのではございません。ただ、ご家庭にあります賞味期限切れの食料を頂いて、世界の貧しい子供たちに届けるのでございます。奥様は、ノーベル平和賞を貰った、ケニアのワンガリー・マータイさんの言葉『もったいない』をご存じですよね。それが私どもＮＰＯの精神です」

代議士は立て板に水の如く、飽くまでも冷静に、しかし熱っぽく語りかけていた。女は半ばぽかんと口を開け、思考回路が故障したように聞き惚れていた。

「どうですか。ご賛同いただけますでしょうか。奥様！」

代議士の駄目押しのような最後の声に、はっと我に返ったように女の口が閉じ、そして開いた。

「はい、よく分かりました。ちょっとお待ちください」

女は、パタパタとスリッパを鳴らして奥へ消えていった。暫くして、玄関に戻って来た時には、両手に大きなTデパートの紙袋を重そうにぶら下げていた。

「お待たせしました。こんな物でも宜しければどうぞ」

女は玄関のドアを大きく開いて、代議士の前に並べて置いた。代議士が中を覗くと、一番上はカニ缶だった。俄か成金は飽くまでも見栄っ張りなのだ。

「奥様、こんな高価な物、宜しいんですか」

代議士がどうにも感激したという顔をしてみせた。

「ええ、賞味期限が切れていますし、宅は家族が少のうございますから。遠慮なくどうぞ」

どうせ何処かからの貰い物に違いなかった。ひょっとすると、亭主は役人かもしれなかった。

「いやあ、これで何人の子供たちが栄養失調から救われることか。世界の代表に代わりまして御礼申し上げます。全く、ご立派な方だ」

「いえ、どういたしまして。皆様の方がご立派な活動ですこと」

「そう仰っていただくと恐縮です。また機会がありましたなら、参上いたします。その節は宜しくお願いします」

代議士は、一礼すると、両手に紙袋を下げて門を出た。角を曲がって、女の家から見えない所にママチャリが置いてあった。後ろの荷台と、前の買い物籠に積み込むと、ずっしりと重かった。

太陽は未だ高い所にあったが、今日は戻ることにした。上々の収穫だった。


ビニールで囲われたテントの中に社長がいた。中は狭かったが、家電品や自転車が整然と並べられていた。一番手前のスペースが再生工場だった。

今朝、学者が拾ってきた子供用の自転車を早速修理していたのだ。前後の車輪を外してチューブを引っ張り出し、パンクした箇所にパッチあてをした。次は、ブレーキのゴムを取り替えれば一丁上がりであった。これでも、千円札が一枚か二枚になる立派な商品だった。

車のエンジン音がして、バタン・バタンとドアの閉まる音が響いてきた。それに続いて、何か言い争っている男たちの声がしていた。一人は、どうやら駐在のようだった。

社長がテントから顔を出すと、火盥の傍に、ヘルメットを被って水色の作業着を着た男三人に、駐在が一人で立ち向かっていた。声を聞きつけたのか、学者も代議士もぞろぞろとテントから出てくるところだった。

皆は、自然と駐在の横に並び、ヘルメットの男たちに対峙するような形になった。四対三で数の上では優勢になった。

「何だってよ。あんたたちはどなたかね？」

社長が、駐在の顔を見て、それからヘルメットの男たちの方を向いて言った。

駐在が何か言おうとする前に、ヘルメットの中の年嵩の男が応えた。

「私たちは、国土交通省河川管理局の江戸川管理所の者です。ここは国が定めた一級河川の河川敷です。河川敷に関する法令をご存じですよね？」

男の言い方が、国会で役人の答弁書を聞かせられるようで気に入らなかった。

「あのなあ、私ら一市民が、そんな難しい河川敷の法律や国土交通省の省令・通達なんか知ってるわけないだろう。で、何だよ？」

代議士が、帰って来たばかりと見えて背広にネクタイのままで訊いた。

「ここは河川敷ですので、特定の個人が許可なく構築物を建てて定住するのは禁じられています。ですから、速やかに立ち退いてください」

役人が、全く自分は役所以外のことは知りませんといった調子で話していた。

「お言葉ですが、河川敷に関する法令の基本精神は何ですか。それは、市民に広くスポーツや遊戯等のレクリエーションの場を与えることと、豊かな自然と触れ合う機会を与えることではないのですか」
　学者が法律学の講師のような言い方をした。
「それはそうですが、ですからグラウンドなどのスポーツ施設としてご利用いただいている
じゃないですか。それには、勿論許可を取っていただかなくては。貴方たちは許可を得ていま
せんでしょう、許可を？」
　男は、法律論を言われたのが腹立たしいのか、急に居丈高になった。
「レクリエーションや、憩いの場として利用するのに、いちいち許可が要りますか」
　なおも学者が続けた。
「だから、定住はいかんと言っているの。だいたい、ここでたき火をしちゃあ駄目だよ。消防
法にも引っ掛かるぞ」
「定住って、俺たちのテントかよ。あれはな、モバイルテントって言うんだ。要するに構築物
にあらずだ。第一、たき火なんかしちゃあいないさ」
「だって、ここで火を焚いていたんじゃないですか」
「あんたこれはなあ、ストーブだよ。たき火じゃないの」
「ともかく、ここに定住してもらっては困ります。私は警告しましたからね。洪水になって流
されても知りませんよ。私の責任じゃありませんからね」
　ヘルメットの男たちは、役人らしく、警告するのが自分たちの仕事だと言わんばかりに、捨

て台詞を残してその場を立ち去っていった。

「あいつら、忘れた頃に時々顔を見せるんだ。まあ、役人だからな。今日の業務日誌に――河川敷を不法に占拠するホームレスに対し、立ち退きを勧告――って書くのよ。それが仕事さ。大体、毎回来るやつの顔ぶれが違っているよ。当分来ないし、次に来るやつには、同じ手で追い返せば良いよ」

「さすがは社長、村の主だものな」

「まあ、これで安心だよ。誰か塩でもまいておけや」

「へえーい、合点だ」

駐在がおどけて、本当に塩をまく手つきをしてみせた。それを見て皆は、やれやれといった調子でその場を離れ各自のテントへ散って行った。やがて薪を拾いに行く者、遠くまで飲み水をくみに行く者、めいめいが日常の生活に勤しむのであった。

第二章　夢幻の如く

社長は独り、自分のテントの中にいた。何だか近頃、身体が重く感じられて仕方がなかった。膝の悪いせいもあるが、出歩くのが億劫になっていた。

「俺も七十二になるわ。歳だなあー」

社長が誰かに聞かせるように呟いた先には、見える所に小さな位牌が置かれてあった。

「お前が死んで十年になるからな。……息子の剛志は何処でどうしているのか。……しょうがないか」

最後に大きな溜め息をついていた。

社長はベッドの上に寝転んで、遠い昔のことを思い出していた。

本名は黒澤孝三、昭和十七年岩手県の三陸で生まれた。実家は、半農・半漁で子沢山、おまけに親父が飲んだくれ、絵に描いたような貧しさだった。物心ついた時から、腹いっぱい白いご飯を食べるのが夢であった。

昭和三十二年の春、中学を卒業しても、三男坊に地元での仕事は無かった。まして、高校など行けるはずもなかった。当然のように、集団就職が待っていた。もっとも、周りにいる男子も女子も、一部の金持ちの子供以外は例外なく皆そうであった。貧しい者ほど、このどうしようもない田舎を早く逃げ出したかった。都会に行けば何か良いことがありそうな気がするのだった。

孝三の就職先は、東京の亀戸にある機械加工の町工場であった。全部で二十人くらいが働いていたが、皆、東北の田舎から集団就職で来たものばかりであった。着いたその日から、寮とは名ばかりの、工場の二階にある窓もない部屋に押し込められて暮らした。そこは昔ならば『タコ部屋』と呼ぶに相応しい所だった。

孝三にとって救いは、南部弁を使っても恥ずかしくないことであった。所詮、秋田弁も津軽弁も同じ田舎者には違いなかった。工場の四、五年先輩が、格好つけて標準語で話すのが、何だか可笑しくてしょうがなかった。

工場は、仕事がある限り、日曜も祝日もなかった。それが下請けの宿命であった。たまの休みには、集団就職で一緒に来た中学校の仲間と会って、浅草に出て映画を観、帰りに団子を食べるのが唯一の楽しみだった。安い給料のほとんどを実家に送ってしまうと、財布の中には幾らも残っていなかった。

世の中は、神武景気に支えられ、その後も所得倍増計画など、景気のいい話が続いていた。

実際、給料も少しではあるが上がってきた。ちょうどその頃、学生や左翼系の労働組合による安保改定に対する反対運動が、全国で嵐のように吹き荒れていたが、組合もない町工場には全く関係のない世界であった。

『赤には近づくな』が、田舎者の骨の髄まで叩き込まれた鉄則であった。

東京にオリンピック招致が決まり、国中が沸き立っていた。高度経済成長の始まりだった。町工場は何処でもフル操業であった。

孝三の働く工場には旧式の穴開けと切削用の旋盤があるだけであった。ＮＣ旋盤やロボットマシンが登場する遥か前の話であった。マニュアルも研修もなく、技術は人から盗め、そこら中に転がっている危険からは、自分自身で守れ。まるで十九世紀の徒弟制度と変わらなかった。お釈迦を出しては叱られ、まして切削用のバイトを折りでもすれば、殴られるだけでは済まなかった。

孝三は夜間高校へ行きたかったが、そんな環境ではなかった。ひたすら働いた。賭け事も、女も関係なかった。たまにお酒を飲むくらいで、爪に火を灯すように、少しずつお金を貯めていた。将来独立したかったのだ。

二十歳を過ぎて、久しぶりに集団就職組のクラス会に顔を出した。男子も女子もそれぞれ大人になっていた。孝三には、本当は内心思いを寄せる女の子がいたのだ。三年前のクラス会にはいたはずなのに、今回、彼女の姿が見えなかった。

「孝三、久しぶりだな。相変わらず町工場かよ?」

昔は目立たない子だったのに、角刈りにした頭にサングラスをのせ、派手な柄のシャツに、とんがった靴を履いて気取っていた。

「ああ、職工さんよ。お前は景気よさそうじゃないか。いつから変わったんだ? 仕事」

「まあな。ちょっとさー新宿で働いてんのよ」

格好つけて喋っても、語尾が訛っていて耳障りであった。

「今日、K子来ていないけど、どうしたんだ?」

隣に座った男もK子のことが気がかりだと見えて、女の子に訊いた。

「K子ねー、二年くらい前から音信不通なのよ。実家にも帰っていないし、誰か知っている?」

「あー、先輩が錦糸町で見たって言ってたな。本当かどうかは知らないけどな」

「へっ。K子も派手だったから、お水の世界じゃないの。キャバレーかもっと金の稼げる所かな」

東京は誘惑の街であった。一度堕ちはじめたら、奈落の底まで転がり落ちていくのだ。

孝三はクラス会の後、何人かと連れ立って上野駅界隈を歩いていた。アメ横や広小路には東北の匂いがしていた。都会に憧れて出て来たはずなのに、やっぱり心のどこかに故郷があった。決して忘れることの出来ない故郷であった。

昭和三十九年十月十日、東京の空は青く晴れ渡っていた。東京オリンピックの開幕であった。孝三たちは、寮の食堂にあるテレビの前にいた。超満員の国立競技場では、入場行進が始まっていた。各国選手団の華やかな彩りが、白黒なのに、目の前に浮かんでくるようだった。同じ東京の空の下なのに、自分たちのいる場所とは全く別の世界の出来事であった。

それでも、テレビに映し出されているのは皆、孝三と同じ世代の若者であり、何だか自分たちのことのようで誇らしかった。日本が、世界の一流に仲間入りしたようで嬉しかった。

オリンピックが終われば、また元のままだった。いやむしろ、東京タワーや新幹線や高速道路が目立つだけ、国全体の貧しさが却って際立って見えた。

東京の空はいつも灰色で、スモッグに覆われていた。富士山など見えるはずもなかった。街中を流れる川という川は、全てどぶ川だった。名前だけはきれいな隅田川も神田川もヘドロに塗《まみ》れ、悪臭で近寄る気にもならなかった。

欧米人から見れば、東京の下町は、東南アジアのスラムに等しかったのではなかろうか。いや、車による渋滞や排気ガスを考えれば、それ以下の環境であった。

しかし、他国の人がどう言おうと、日本中が、新興宗教のお題目のように、『経済成長こそが幸せを運んでくれる』ことを信じて、全てを犠牲にして猛進するのであった。『水俣病』も『イタイイタイ病』も『四日市喘息』も、大したことではなかったのである。

誰が付けたのか、まさに『エコノミック・アニマル』であった。

孝三が働く工場は、幾度かの景気の浮き沈みにも耐えて、何とか生き残ってきた。孝三もいつしかベテランの職工になっていた。

孝三は二十八の時に結婚した。相手は、取引先の材料屋の事務をしていた女だった。四つ下で、見た目は八人並みだったが、江戸っ娘の、テンポの良い物言いが気に入っていた。

二人の住まいは、新居と言うには程遠い、工場近くの六畳と四畳半二間のアパートだった。便所は共同、風呂なし、これが下町の標準だった。二人はよく働いた。

翌々年、長男剛志が産まれた。

世の中は、学園紛争から始まった学生運動が、尖鋭化し、赤軍派によるハイジャックや、あさま山荘事件で騒然としていた。

それも所詮は、親の脛を齧った馬鹿どもの革命ごっこであり、下町に働く労働者には無縁の出来事であった。少なくとも孝三にはそう思えた。

昭和五十二年、孝三は三十五歳の年に念願の独立を果たした。

会社名は黒澤機械加工有限会社、大田区に登記をした。工場を買えるほどの金がなかったので、古い工場建屋と機械設備は借り物であった。それでも、必要な工具類や原材料等の初期投資に貯金を全部叩いてしまっていた。失敗すれば無一文どころか、借金だけが残る構図であった。

最初は、元の工場の下請けであった。従業員はなし。夫婦二人で全てを熟《こな》さなければならなかった。仕事がなくなればすぐに日干しになるのである。

孝三は、新しい取引先を開拓しなければならなかった。昼は慣れない営業、帰って来ては夜遅くまで掛かって、注文を熟す毎日であった。孝三は営業が苦手だった。特に、知らない人間と話をするのが苦痛だった。やっぱり、心の何処かに、南部弁の訛りに対する引け目があったのだ。

妻の和江が営業を手伝うようになった。最初は、孝三の後ろについて歩いていたのが、そのうちに、一人で出かけるようになっていた。和江は手八丁口八丁であった。本当に新しい注文を取ってくるようになったのである。

注文が取れるようになると、今度は働き手の確保が問題であった。昭和五十年代になると、東北から集団就職というわけにはいかなくなっていた。何処をどう探したって、優秀な中卒など捕まえられるはずがなかった。３Ｋ職場には工業高校卒だって来たがらなかった。まして、中小企業の町工場に来てくれる若者などいるわけがなかった。

八方手を尽くし、こつこつ集めた結果、いつしか十人ほどの工場になっていた。中には、身障者もいたし、元ヤンキーや、保護観察処分のお兄さんもいた。

浮き沈みはあったが、自動車産業や家電業界の成長に合わせて、少しずつではあるが事業規模も拡大していった。

会社の形態も将来を考えて、有限会社から株式会社に変更していった。孝三が社長で妻の和江が専務であり、大蔵大臣である。

借りていた土地と工場建屋は、貯めてあった手持ち資金で買い取り、自分の資産となっていたが、売り上げを伸ばすためには、建屋の増築と新しい機械設備が必要であった。

設備投資には億単位の資金が必要である。大手の銀行は端から相手にしてくれなかった。伝手を頼って、関東に本店のある二流の地方銀行に何度も足を運び、やっと話を聞いてくれるところまで漕ぎ着けるのに、一年も掛かった。

銀行が要求してきたのは、第一に、孝三の個人資産の内訳であり、次が会社の財務諸表と将来の事業計画であった。

個人資産は、自分名義の工場の土地と家屋だけであった。財務諸表も三カ年の事業計画も、妻の和江が作り揃えてくれた。彼女の簿記の知識は称賛ものであった。

長い審査を経て、やっと長期ローンを借りることが出来たが、その条件は全く厳しい内容であった。借入額一億円で五年間の均等払い、金利は長期プライムレート・プラスアルファー、設備投資に対する担保と、孝三の個人資産である土地まで抵当に入れなくてはならなかった。

結局のところ、銀行は会社の事業計画など全く信用していなかった。銀行こそ土地信奉者であった。

昭和六十年、プラザ合意により突然の円高が日本を襲った。一ドル二百四十円だったのが数カ月の間に百五十円まで急騰してしまったのである。輸出メーカーはどうすることも出来なかった。その皺寄せが当然のように下請けの工場に回ってきて、倒産する中小企業が続出していた。

孝三の会社も苦しかったが、何とか倒産だけは免れることが出来た。

翌年になると、何だか空模様が変わってきた。日銀の金融緩和が始まったのである。公定歩合の大幅な引き下げがなされ、それに伴い、市中に金が出回り始めて、株も土地も明らかに値上がりし出したのである。

資産バブルの始まりであった。

その影響で、景気が持ち直し、孝三の工場も忙しくなっていた。それまでに同業者が廃業したり、倒産したお蔭で、注文を捌ききれないほどであった。将来の為には工場の拡張が必要であった。

ちょうどそんな時、少し離れた所にある工場が土地付きで売りに出ているという噂が聞こえてきた。

孝三は、長期ローンがまだ半分ほど残っていたが、地方銀行に融資を打診すると、二つ返事で貸してくれた。勿論、土地を担保に取られたが、その他の条件は、利率も前回とは比較にならないくらい有利であった。これまでの資金繰りのことを思うと、狐につままれたように感じた。

注文も増え、第二工場も立ち上がり、事業は順調だった。年度末には、年賦払いのローンを返済しても、手元にはかなりのお金が残っていた。

息子の剛志も中学生になっていた。これまで、子供のことは妻の和江に任せっきりで、入学式も卒業式も一度も顔を出したことがなかった。

孝三は、息子には高等教育を受けさせたかった。できれば、技術系の大学を出て、自分の跡を継いで欲しかった。

今までは、勉強のことを口にしたこともなかった孝三が、剛志の顔を見れば勉強のことを言うようになっていた。何処で仕入れてきたのか、高校は私立の名門、K高校を目指せの一点張りであった。剛志にとって孝三は、学問も教養もない、ただ口煩いだけの親父に過ぎなかった。


ある日、孝三のもとを一人の男が訪ねてきた。

「社長さんですか。突然お邪魔しますが、私こういうものです」

一分の隙もない外見の男が出した名刺には、——ＹＭ証券——と書かれていた。

孝三にはこれまで全く縁のない世界の人種であった。

「はあ、社長の黒澤ですが。で、何の用ですか」

孝三は、とんと解せないといった思いが、その声にも表れていた。

「失礼ですが、社長さんは『ＹＭ証券』の名前はご存じですよね」

「そりゃあまあ、名前だけはね。我々のような会社とは、とんと縁がなかったけどな」

最後は皮肉っぽい言い方になっていた。

「恐れ入ります。しかしですね、こちらは御社のことを調べさせてもらいました。最近の業績や取引先との関係だとか、それに昨年買われた第二工場のことなどですね」

「ふうん、それで。金でも貸してくれるのかい。うちには何にもないけど借金だけはあるぜ」

「社長、そこなんですよ。ＩＰＯってご存じですか。新規上場ですよ。私どもは、御社のように、将来有望な会社さんの資金繰りをお手伝いするのが仕事なのです。その一つが、新規に株式市場に上場することなのですよ。勿論、その他にもＳＢ、所謂社債を発行するとかございますがね。要するに、キャピタル・マーケットから資金を調達するお手伝いをすることですね」

名刺には、猪瀬と書かれてあったが、三十半ばくらいであろうか、やたらに横文字を並べるのが好きな男であった。

孝三が理解しえたのは、株式市場に上場するという、夢のような話だけであった。もっとも、その夢は飽くまで夢であって、自分たちとは全く別な次元の話であった。

「夢のような話だとお考えでしょうが、これを見てください」

男は、孝三の心を見透かすかのように、手持ちの資料を開いて話を続けた。

「ご覧ください。これが、昨年一年間で我が社が手掛けたＩＰＯ、新規上場の一覧ですよ。全部で十二社あります。見てください、これなんか、御社と事業規模はそう変わらないじゃないですか」

指さされた会社の直近売上高は十億円を超えており、孝三の会社の倍近くあった。

「変わらないと言っても、うちよりは大きいよな」

「いや、問題は将来性なのですよ。それと、御社のようにしっかりした技術力と、取引先との信頼関係ですね。最近は、自動車関係だけでなく、建機や産業車両にも取り引きを広げておられる。そこなんですよ」

孝三は、技術力を褒められてかなり気分を良くしていた。

「そうだな。技術力では負けない自信があるな」

「ですから、将来有望だと言えるのですよ。上場と言いましても、手順を踏んでいかないといけませんから。まあ普通は、最初は店頭株、次に実績を積んで二部上場ですかね。その先がいよいよ一部上場ということになります。早ければ七、八年で、一部上場会社のオーナー社長さんですよ。どうですか」

「ふうん、そんなうまい具合にいくもんかね」

半信半疑であったが、夢にしても満更でもなかった。何だか、自分が本当に上場会社の社長になった気がしてきた。

株価がじわじわと値上がりしていた。孝三の周りの土地も値上がりしてきた。日本中が浮かれ始めていた。阿波踊りのように、踊らにゃ損々と囃し立てられていた。

久しぶりに、ＹＭ証券の猪瀬が訪ねてきた。

「社長、景気はどうですか」

「ああ、まあまあだな。悪くはないよ」

「そうですか。それは良かった。今日はちょっと別の話を持ってきました。ＩＰＯには時間が掛かりますのでね。お時間良いですか」

返事を聞く前に、鞄から何やら資料を取り出して、孝三の前に並べた。

「うまい話でもあるかね」

冷やかし半分で、手に取って見ると、株価のグラフが書いてあった。

「社長、株はおやりになりませんか」

「株だなんて、やったことないなあ」

「そうですか。でもこれから上場しようというのですから、少しは株にも興味を持っていただきませんと。それと株の持ち合いってご存じですか」

孝三は首を振っていた。

「発行株数の少ない会社さんは、お互いに相手の株を持ち合うことで、安定株主を確保するのですよ」

「ふうん。しかしなあ、うちの取引先ったってなあ、ずーっと上流の自動車メーカーじゃ、相手にしてくれないしなあ。持ち合いするような大した相手はいないぜ」

「いや、それはこれから私たちがアレンジしますから、心配しないでください。それよりも、どうですか、少し勉強してみませんか。株式市場を」

孝三には、株式市場のイメージが湧いてこなかった。市場と言えば築地の魚市場や、幼い頃、父親に付いて行った牛の競り市場くらいしか頭に浮かんでこなかった。

「このグラフを見てください。これは東証の株価のチャートですが、一昨年のプラザ合意の後、ずーっと右肩上がりでしょう。この調子だと二万円は間違いなく超しますね。いや、私自身は二万五千は行くとみていますがね」

猪瀬の言い方は自信たっぷりであった。

孝三の周りでも、取引先や近所の町工場の親父たちが、よく株の話をしているのを耳にしていた。

「それで、どうすれば良いんだよ。俺は、全くの素人だからな」

「そう思って、二、三、お勧め株を用意してまいりました。ところで、資金はございますか。なければそれもアレンジしますが。なにせ、お宅の第二工場、良い時に買いましたよ。あそこは、まだまだ地価が上がりますからね」

「うん、金は少しならあるよ。でも大蔵大臣と相談してからだな」

孝三の言葉に納得したという顔で頷いた。

「じゃあ、このパンフ置いてゆきますから、奥様とご相談なすってください。でも決断は早い方が良いですよ。株価は間違いなく上がりますから。また来週来ます」

猪瀬は、パンフレットを残して帰って行った。

妻の和江は、案の定、株には乗り気でなかったが、将来の上場の話は魅力だとみえて、しぶしぶ五百万を用意してくれた。

翌週、猪瀬の勧めるH自動車とS家電の株を買った。ちょうど、ニューヨークのブラック・マンデーの後で、底値で買うことが出来た。

株を持つと、その瞬間から投資家に変身するものであった。それまで、新聞を見ても、株式欄には何の興味もなかったのが、朝の配達が待ち遠しいほどになった。H社やS社の名前が出るたびに、株価のことが頭に浮かぶのであった。

三カ月が過ぎる頃には、両方足すと時価は八百万を超えていた。猪瀬の勧めもあり、一旦、精算することにした。手数料を払っても、三百万円ほどの売却益を手に入れることが出来たのだ。濡れ手で粟とはこのことであろうか。

八百万の現金を目の前に見せられ、さすがの和江も満足そうであった。

それから、猪瀬は頻繁に現れるようになっていった。

「社長、今度は本気で財テクをしてみませんか。今は、何処の会社も資産の有効活用ですよ。財テクで稼ぐ時代ですから。そうしないと、世の中に置いていかれますよ」

「そんなこと言ったって、うちには使えるような資産はないぞ」

「社長、あるじゃないですか。立派な資産が」

「えー、何処に？」

「土地ですよ。第二工場の土地。立派な資産ですよ」

「あれは駄目だよ。あれは借金の形《かた》になっているからなあ。どうにもならんべよ」

孝三は腑に落ちぬといった顔をしていた。

「そこですよ、社長。私の方で調べたのですけど、あの土地の時価は買った時の二倍になっていますね。これを利用しない手はないでしょう」

「ふうん。で、具体的にはどうするんだ」

「簡単ですよ。私どもの方で、系列の金融機関に新たなローンを組ませて、銀行のローンは期限前返済してしまいましょう。それでも一億円は手持ち資金として残るでしょう。ローンの条件も前よりさらに良くなりますよ。社長の個人保証と、土地の担保は必要ですけどね」

猪瀬は二億円もの金融取引を事もなげに言った。孝三も、何だか本当に金持ちになったような気がしてきた。

「それで、その一億円の手持ち資金をどう使えば良いんだ。財テクとやらは」

「短期的なリターンを得るのはやっぱり株ですね。今は株が一番確実でしょう。僕らは証券マンですから、信用しないかもしれませんが、新聞でも経済雑誌でも、今年の年末には二万五千は確実だと言われていますでしょう。私自身は、三万は堅いと見ていますがね。早い者勝ちですよ」

猪瀬の言葉に、急がねば何だか本当にバスに乗り遅れる感じがしてきた。

「うん、分かった。それで、どの銘柄を買えば良いんだ」

「信用取引ですね。その為には一億円を証拠金として私どもに預けてもらいます。後は、お好きな銘柄を買っていただいて、値上がれば売っていただく。それだけです。取引額も証拠金の五倍くらいまで可能ですから、どんどん投資していただいて結構です。さあ、急いで契約しましょう」

猪瀬に急かされるまま、新たなローン契約を結び、株の信用取引に手を染めるのであった。

年商が十億に届くか届かないかの会社のオーナー社長である孝三にとって、数億円の投資など、夢にも思わぬことであった。これまで、数千万円の設備を買うのでさえ、どれだけ思い悩んだことか。今までやってきたことが、何だかとても小さな世界のことのように思えてならなかった。

それでも、孝三は本業を忘れたわけではなかった。今まで通り、従業員に交じって、油まみれになって働いていた。しかし、月々帳簿を締めた後の儲けは、あまりにもちっぽけに見えた。株の値上がり益と比べればの話ではあったが。

世の中は、株、不動産、ゴルフの会員権、資産バブルに沸いていた。新聞も週刊誌も、ラジオもテレビも、学者もエコノミストも、日本中が、この先無限に右肩上がりが続くような口ぶりであった。

孝三は、最初は恐る恐る始めた株取引も、次第に熱が入ってきていた。のめり込んでいったと言っても過言ではなかった。

孝三の張り方は、不動産一点張りであった。幼い頃から味わってきた土地への思いは、人一倍強かった。それこそ、土地神話信奉者そのものであった。投資先も、住宅分譲・賃貸、ゴルフ場、リゾート開発等の不動産関連銘柄に絞っていた。

その年の暮れには、証拠金は倍の二億円に、投資残高は五億円に膨らんでいた。その時点で手仕舞いすれば、三億円からの売買益、借金を全て返しても、手元に二億円もの大金が残る計算であった。

孝三が独立して今の会社を興して十年、その間得られた利益の何倍もの額を、一年で手に入れたことになる。

孝三が外回りの時に乗っているのは、バンパーがへこみ、塗装の剝げた中古のバンであった。着ている服は、いつもくたびれたジャンパーであった。

黒澤機械加工株式会社の三月末決算は、税引き後の当期利益が一億円になっていた。もっともその大半は営業外利益であったが、日本の利益を上げている会社の多くもまた、営業外の利益の方が大きかったのである。所謂、財テク利益が持て囃された時代であった。

ＹＭ証券の猪瀬が、三人の男を伴って、孝三を訪ねてきた。

「社長、今日は新たなメンバーを紹介します」

猪瀬が連れてきたのは、弁護士、会計士とＹＭ証券のプロジェクト推進室の人間であった。

「決算書も出来たことだし、いよいよ、ＩＰＯへの活動開始ですね。どうですか、御社のＩＰＯプロジェクトをこのメンバーで進めるというのは」

孝三が口を開く前に、猪瀬が話し始めた。孝三には、何だかその態度が尊大に見えてきた。そうは言っても、ＩＰＯをどう進めるかになると、からっきし分かっていないのも事実であった。

「うん、そうは言ったって、こっちには人がいないからな」

「ですから、こちらから必要なスタッフはご提供させていただきます」

ＹＭ証券の男が言った。

「で、何から始めるのかね」

「ええ、ここに簡単な工程表がございます。上場完了をＮとしまして、そこから何カ月前から準備をしなければならないかを、マイナスで表してございます。例えば、Ｎマイナス10だと、十カ月前には終わらせておかなくてはならないことを意味します」

男の説明は、孝三のこれまでの知識の範囲を超えていて、付いていけなかった。

「社長、まあ、私たちに任せておいてください」

猪瀬が男の説明を中断させるように割って入るかたちとなった。

「任せるのは良いが、ただじゃないだろう？」

「さすがですね社長。ＩＰＯをお手伝いさせていただく、包括契約を結ぶことになります」

「しかし、まだ成功したわけでもないしな。成功報酬だろう、これは」

「勿論ですよ。ただ、弁護士さん、会計士さんの費用は実費精算ということでお願いします」

「ふうん。で、そのプロジェクトなるものはいつから始めるのかね」

「そうですね、来月からでもどうですか」

「まあ良いだろう。うちもなあ、総務と経理の人間を一人ずつ雇ったよ。後で、紹介するけどな。何だか、儲からない割には、経費だけが膨らむなあ」

実際、従業員にパートまで含めると百人近くに増え、事業規模も拡大している割には、本業は思ったほど儲からなかった。

「今日は、顔合わせということで、私の方で一席用意しましたから。社長、是非ご一緒願います」

孝三が頷くと、猪瀬が店の名前と場所を書いたメモを置いて帰って行った。

店は、有楽町にある、今風のレストランであった。孝三は、いつまで経っても、洋食には馴染めなかった。出てくるブランド物のワインも、猪瀬が自慢するほど旨いとも思わなかった。

孝三には、さんまの塩焼きや、イカの一夜干しの方がよほど御馳走であったし、酒は日本酒が一番であった。

　レストランでの払いは猪瀬が持った。

「社長、二次会はどうですか。大会社の社長なんですから、やっぱり銀座の夜も経験しなくちゃあ、いけませんよ」

　すっかり、猪瀬の調子に乗せられてしまっていた。二次会は、銀座であった。数寄屋橋の近くの、ビルの地下にあり、入り口には、『バー華江』と書かれてあった。

「ママ、お客さん紹介するよ」

　猪瀬のなじみの店なのであろうか。

「こちら、うちのお客様で黒澤社長さん。大事なお客様だからね。サービスしてよね」

「嬉しいわ。私、華江です。御贔屓にお願いしますわ」

　三十代であろうか、店内の薄暗い照明のせいか、なかなかの美人に見えた。孝三は、女の言葉の端に、ちょっとした訛りがあるのに気が付いた。それは、普通の人には全く認識できない微妙なイントネーションの違いであった。言葉のコンプレックスで悩まされてきた者だけが知りうるものである。

「黒澤です。宜しく」

　孝三は財布から名刺を取り出して女に渡した。

　店には、ママの他に若い女が五人いた。酒を飲み、女たちと他愛ない話をし、他人の歌うカラオケを聴かされて、さして楽しいとも思わなかった。

しかし、孝三にとって、ここが、世に言う銀座であることには間違いなかった。若い頃、油に塗れた仲間たちと、いつか銀座で酒でも飲んでみたいという夢が目の前に実現していた。集団就職のクラス会で話題に上った、歌舞伎町や錦糸町とは訳が違うのだ。一本、何万円もするウイスキーを飲み、しな垂れかかってくる若い女の背中を、尻を撫でている自分がそこにいるのだ。

全てが、夢のようであった。

帰る段になって、結局勘定は孝三に回ってきた。たった二時間ほどで十万円を軽く超えていた。孝三は黙って現金を出していた。

孝三は、近所の社長仲間や、下請け仲間とよく出かけるようになっていた。皆、浮かれていた。本業の話よりも、財テクか、さもなければ競馬、ゴルフの話であった。

孝三は、会社の金で新しい車を買った。国産の二五〇〇ccの高級車であった。服も、銀座の有名百貨店でダブルのスーツを誂えた。左腕には、数十万で買ったブランド物の時計をはめていた。鏡に映る自分が、何だか本当に一流になったような気がするのであった。

孝三の生活が派手になる反面、仕事に対する情熱は明らかに薄れていった。工場を切り盛りしていたのは妻の和江だった。東京の下町で苦労して育った和江は決して浮かれることがなかった。孝三の変貌ぶりを冷ややかな目で見詰めていたが、面と向かって文句を言うことはなかった。

　孝三は、たまに家族と一緒に食卓を囲むと決まって、息子の剛志に勉強のことを訊いた。剛志は、名門私立高校を目指したが、受験に失敗し、普通の都立高校に通っていた。孝三は、剛志に何が何でも有名大学に入ってもらいたかった。それが、自分の叶わなかった夢であった。そんな孝三を剛志は疎ましく感じて、最後は必ず親子喧嘩で終わった。そんな親子の葛藤は益々激しくなり、家の中で剛志は口を利かなくなっていた。

　家の外に何かを求めるように、孝三の外出する頻度が多くなっていった。


　孝三は独りで銀座の『バー華江』に来ていた。

「あら黒澤さん、お独り。嬉しいわ」

　月末のせいか、空いていた。

「ママに会いたくなってね」

　何回か通ううちに、孝三の口も滑らかになっていた。その夜は、ママが終始傍についてくれていた。

「ところでさあ、俺は南部の出身なんだけど、ママは」

「うん、そうだと思っていたわ。三陸？」

「ああ、田老だよ」

「そうなんだ。私何処だと思う」

「南部だろう」

「そう。岩泉よ。私たち同郷ね」

ママが自分の煙草に火を点け、フーと煙を吐いた。傍でよく見ると、四十を幾つか過ぎている女の顔であった。二人の間には、田舎から都会に出てきた者にしか分からない、共通の空間にある居心地の良さが感じられていた。それは、幾重にも重ね着た衣を脱げる唯一の空間であった。

「黒澤さん、立派じゃない。社長なんだから」

「社長ったって、中小企業のおやじさ。大したことないよ」

「そんなことないわよ。田舎から出てきた人は皆、この都会でもがきながら生きているのよ。でも、辛うじて水面に顔を出すのが精一杯。まして、他人の上に立てる人なんて、ほんの一握りよ。黒澤さんは偉いわ」

「そういうママだって凄いじゃないか。銀座のママだぜ。あんたの過去は知らないけれどね」

「そうよ。女の過去は訊かないものよ。でもここのお店は雇われよ。本当はね、もう少し良い場所に自分のお店を出したいの。社長、お願いよ。贔屓にしてね。今日は駄目だけど、今度お店が終わった後で、ゆっくりお話ししましょうね」

女が、集団就職で都会に出てきて、どういう道を歩んできたかは知らないが、夜の世界で生きていることは訊かないでも想像できた。そういう意味でも、女は強《したた》かであった。

孝三にはそんな女の強かさが分かっているはずなのに、女の手練手管に嵌まっていくのであった。

その後、何回『バー華江』に通ったであろうか。孝三は、店が跳ねた後、ママのアパートに誘われ、一夜を共にした。身体を交わらせた後の気怠さの中で、華江はまだ孝三にしがみ付いていた。

「黒澤さんて素敵ね。何だか本気になりそう」

華江は鼻に抜けるような声で言った。

「ああ、俺もだよ。俺たちは似た者同士だよな」

孝三は華江の裸の尻を撫でながら言った。

「私ね、独立したいのよ。自分のお店を持ちたいの。協力してくれる」

「うん、良いけど。金だろう？」

孝三は分かっていた。

「お金って言うと、安っぽく聞こえるわ。スポンサーよ。共同事業者はどう」

「銀座のバーのスポンサーになれるほどの身分じゃないぜ、俺は。で、幾ら欲しいんだい？」

「そうね。新しいお店を借りるのに、権利金に敷金その他、相当のお金が要るのよね。三千万と言いたいところだけど、二千万出してくれない」

孝三は頭の中で妻の和江のことを考えていた。和江に気付かれずに工面できる金は、どう見ても一千万が限度であった。

「一千万なら何とかなるかもな。それ以上は無理だ」

「そう。じゃあ一千万円で良いわ。ちゃんと借用書を作るからお願いね。約束よ」

華江は最初から期待していなかったのか、がっかりしたふうもなく、媚を含んだ声で言うと、孝三の下半身に手を伸ばしてきた。

二カ月後、華江が銀座に新しい店を出すことになった。

孝三は、ＹＭ証券の株式売買益の中から一千万円を引き出し、華江に現金で渡した。

『バー華江』のオープニングに招待された客の中に孝三がいた。ママの華江は忙しそうだった。孝三への挨拶も素っ気なかった。見ていると、自分より大事そうなパトロンがいるようだった。ひょっとすると、ここにいる招待客のほとんどが孝三と同じ気持ちでいるのではないかと思えるのだった。そう、自分だけは特別だと。

孝三は父親の法事に出席するため故郷へ帰っていた。二十数年ぶりに目にする故郷は昔と変わっていなかった。山と海に囲まれた、猫の額みたいな所にへばり付いて暮らしていた。

中学校のクラス会に卒業以来初めて出席した。男子も女子もすっかり田舎のおじさんとおばさんになっていた。

「孝三君、会社の社長だってな。すっかり立派になって、先生は嬉しいよ。いや、君は昔から見どころのある子だったものな」

田舎教師の目から見れば、名刺の肩書や、その見てくれだけで、一端の成功者に見えたのであろうか。

孝三は今や、年商十億円の会社の社長であり、地元では知らぬ者のない栄達の人となっていたのである。

昭和六十四年、昭和天皇が崩御され、世は平成に変わっていたが、依然株価も不動産も右肩上がりが続いていた。

孝三は、信用取引を確定させ、その利ざやを証拠金に上乗せしては再投資を続けていた。平成元年三月末の時点で、証拠金は五億円を、投資残高は二十億円を超えていた。

地価も株価も、その将来得べかりし利益を考えれば、天井があるのは子供でも分かる理屈であった。それなのに、誰もがトランプのババを摑むのは自分ではないと思っていた。その自信は何処から来るのであろうか。不思議であった。一億総ギャンブル狂時代とでも呼ぶべきか。

平成元（一九八九）年の十二月二十九日、東証株価は三八、九五七円の史上最高値を付けていた。

この時点で全てを手仕舞いしたとすれば、孝三の手元には証拠金も含めて十数億円の現金が残る計算であった。

人間とは、かくも欲深な者であろうか。株に手を染める誰もが、その翌年には、四万円の大台を超えることを願っていたのである。いや、もう神懸かり的に信じていたのである。拡大再生産を基調とする資本主義には限界があり、その先には、ねずみ講的な破たんが目の前に迫っているのは、冷静に見れば明らかなはずであった。

孝三もその愚かな一人であった。

翌平成二(一九九〇)年、年明け早々から、株価の急落が始まった。その後も全面売りの展開で、手の施しようがないままに、十月には東証株価は二〇、〇〇〇円を割り込んでしまった。その時点で、孝三の投資残高は二十五億円を超えており、時価評価額は、十五億円を割り込んでいた。証券会社からの追い銭の要求にも、担保となっている土地の時価も下がり始めており、どうにもならなかった。ただ、誰もがするように、株価の下げ止まりと反転高騰を祈るばかりであった。

金の亡者たちの祈りも虚しく、平成四(一九九二)年の八月には、東証株価は一四、〇〇〇円まで落ち込んでしまったのである。バブルの崩壊であった。

YM証券とその関連金融機関からの借り入れには、黒澤機械加工会社の全ての資産に質権が設定されており、その上、孝三の個人資産にまで担保が付けられていた。

こうなると、YM証券の猪瀬も他の金融機関の人間も、手のひらを返したように借金の返済を迫ってきた。「金を返せ」と「何とかしろ」の一点張りであった。終いには、孝三の生命保険のことまで言いだす始末であった。完全な破綻であった。

孝三は全てを失くしてしまった。妻の和江のへそくりが少しあるだけであった。息子の剛志は、折角入った私立大学も、とっくに中退して家から出て行ったきりであった。

和江のお金で安アパートを借りて住んでいた。孝三はすぐにでも金を稼がねばならなかったが、五十過ぎた男には就職口などあるはずがなかった。それに日本中が不景気だった。

漸く、昔の取引先の情けに縋って、工場の片隅と旧式の機械を一台借りる目処が付いた。同時に、和江の名前を借りて、新しい会社を立ち上げた。と言っても、働き手は孝三と妻の和江だけの会社である。

孝三は、昔のように油に塗れて働いた。お蔭で何とか夫婦二人が生きていけるようになった。従業員もパートだったが雇えるようになっていた。

孝三は、破産してから、一度だけ銀座へ行ったことがあった。暗くなる前の夕方だった。ネオンの瞬きがない銀座は、色褪せて別な世界のようで、『バー華江』のあるビルがなかなか見つからなかった。やっと捜し当てたビルには、『バー華江』の看板は何処にもなかった。

強かな華江ママの夢もバブルにのみこまれてしまったのか、孝三の貸した一千万円と共に跡形もなく消えてしまっていた。

孝三は負け惜しみでなく、悔しいとも惜しいとも感じず、貸したことに後悔はしていなかった。華江の気持ちは分かる気がしていたし、一時、夢を見させてくれたことに感謝さえしていた。

暗くなって明かりが灯り出すと、そこはやはり銀座であった。しかし気のせいだろうか、昔のような華やかさがないように感じられた。孝三は薄汚れたジャンパーのポケットに手を入れ、背中を丸めながら家路を急いだ。

人間は一度味わった栄光は忘れられないものである。

仕事に少し余裕が出てくると、飲む・打つ・買うの誘惑が頭を持ち上げてきた。孝三は、妻の和江の目を盗んでは、会社の金を持ち出し、昔の仲間と出かけるのであった。

平成十五年、バブルが崩壊して十数年が過ぎていた。

妻の和江が心臓発作であっけなく死んでしまった。孝三は何もしてやることが出来なかった。お墓も戒名もなかった。位牌と一緒に骨壺はアパートの部屋のテーブルに置いてあった。

葬式が済んで一週間経った日のことである。

アパートの入り口のドアを、ノックもせずにいきなり開ける者がいた。息子の剛志であった。物も言わずにずかずかと入り込むと、テーブルの上の位牌と骨壺に手を合わせていた。

「剛志、何処にいたんだ。親の死に目にもあえない親不孝者めが」

孝三は言ってしまってから、後悔していた。本当は嬉しかったのに。

剛志は目を開けると、すっくと立ち上がり、孝三を睨み付けていた。

「お前なんかに、親不孝呼ばわりされる覚えはない。お前が母さんを殺したんだ。お前がな！

俺は絶対に許さないからな」

剛志は今にも本当に殴りかかろうという剣幕であった。

「何を、生意気な。お前こそ勘当だ。二度と来るな」

「誰が来るもんか。お前こそどこかで野垂れ死にしてしまえ！」

剛志は荒々しくドアを開けて出て行った。孝三は立ったままで、出て行ったドアをぼんやり
と見詰めていた。

第三章　怪しい外国人

この河川敷に住みついて何年になるであろうか。位牌の下には、他人に見えないようにして、妻の骨壺が置いてあった。

「さて、晩飯でも作るか」

社長は気合を掛けるように独り言を言って、テントの外に出て行った。

外は小粒の雨が降り出していた。学者が一人でタープを火盥の上に張っているところであった。社長は黙って、ロープ張りを手伝った。

「降りますかね」

学者が張り終わったタープを手で確かめながら、空を見上げて言った。

「十一月だ、降らんだろう。ここは良いよな、冬になっても雪が降らないから」

社長も空を眺めて言った。

雨はまだよかったが、台風のような風が吹くとお手上げだった。そんな時は、風に飛ばされないようにテントを厳重に固定して、その中で石油コンロか炭火で食事を作るしかなかったのだ。

それでもここは、河川敷の中では少し小高くなっており、大雨が降っても比較的安心であった。社長がここに住みついてから、上流の大雨で河川が氾濫して水浸しになったことは一度しかなかった。

さすがにその時は、大事なものを担いで近くの公園に避難せざるを得なかった。水が引くのに二日ほどかかって、置いてあった商売用の中古品は、水に浸かって売り物にならなくなっていた。大損だった。

雨はやまなかった。辺りは暗くなりかけていた。

火盥の傍に皆が集まってきて、めいめい勝手に晩御飯の支度にとりかかっていた。誰の持ち物か、小さな手鍋から白い湯気が噴きこぼれ、旨そうな匂いが漂っていた。火盥からこぼれ出る火が、皆の顔を赤く照らしていた。球児の顔がなかった。多分、駅前で商売の時間なのであろう。

突然闇の中から男が現れた。百八十センチあるタープの天井に頭をぶつけないように、背を屈めるように燃える火に近づいてきた。

球児も背は高かったが、どうやらそれ以上である。

「グッ・イブニング」

男は西洋人であった。

皆はポカンとして口を開けたままだった。最初に反応したのは駐在だった。

「グッ・イブニング。バッドウエザー……ホワッツザマター」

英語の返事が返ってきたのに勢い付いたのか、男は駐在に矢継ぎ早に話し掛けていた。それに対して、駐在が英語で応えていた。

海外生活二十年以上の駐在の英語は、さすが、外国人に通じるようであった。

駐在の話によれば、男との会話は次のような内容だった。

「ココハキャンプジョウカ?」

「チガウ」

「デモ、テントイクツモハッテアルジャナイカ」

「コレハモバイルハウスダ。ココハ、ワレワレノカイホウムラダ」

「ワタシモココデクラシタイ。テントヲハリタイガOKカ」

「ミンナノリョウカイガイル」

駐在が皆の顔を見回して訊いた。

「どうかね?」

「まあ構わんけどな。ところで彼は何者かね。警察や公安は困るぜ」

駐在と男の会話がまた始まった。

「オマエハナニジンカ?　ナニヲシテイタノカ」

「ワタシハUS。センゲツマデ、エキマエリュウガクデ、エイゴノセンセイデシタ。トツゼンクローズサレ、サラリーNOペイ。アパートオイダサレマシタ。イクトコナイ」

「ワカッタ。シカシ、コノアトドウスルノカ」

「オカネカセイデ、タイニユキタイ」

駐在の話しているのを聞いていた代議士が、通訳をする前に「駅前留学の犠牲者か。しゃあないわ。どうだい、俺はOKよ。国籍は問わず。なにしろ解放村だからな」

「うん、そうだな。じゃあ、村の掟をよく彼に説明してくれ」

社長は、村の長老然とした態度で言った。

駐在が皆の了解を得たと男に告げると、「わたし、マイケルです。よろしくおねがいします」

と、日本語で応えた。

「何だ、お前日本語話せるのかよ。最初から言えよ」

「わたしのにほんご、すこしだけです」

「分かった分かった。ともかく、雨に濡れないうちにテントを張れよ」

代議士と学者がマイケルのテント設営を手伝ってやった。雨はまだ降っていた。

火の傍に戻って来たマイケルに、駐在が英語で簡単な注意を与えていた。

「ヒハ、ミンナノキョウユウ。シタガッテ、アスデイイカラ、マキヲヒロッテクルコト。ミズトトイレハ、ハシノムコウノ、グラウンドノソバニアル」

「リョウカイシマシタ。ソレダケデスカ？」

「ソウ。ソレダケ」

マイケルはナップザックから取っ手の付いたコッヘルとインスタント・ラーメンを取り出し、火盥の端にある金網に載せた。どうやらそれが彼の夕食らしかった。

周りの男たちは、珍しい物でも見るように彼の手元を見詰めていた。

「何だそれが晩飯かよ。しけてるな」

言いながら代議士は腰を上げ自分のテントへ消えた。戻って来ると何か手に持っていた。

「しょうがない奴だな。ほら卵だ。これを鍋に入れるんだよ」

代議士が生卵を一つマイケルに手渡し、割って鍋に入れる仕草をしてみせた。

「おー、ありがとうございます」

「良いってことよ。まあ、賞味期限はとっくに切れているがな」

周りの男たちが笑った。

「そうか、じゃあ俺もプレゼントするか」

今度は社長が自分のテントに引っ込むと、青ネギを一本持って現れた。

「これを刻んで入れれば最高さ」

社長の畑で採れたネギなのか、ちょっと萎びて小さかった。

マイケルは、卵・ネギ入りラーメンを器用にフォークで食べ始めた。「グード?」

誰かが訊くと「はい、おいしいです」と応えが帰ってきた。皆、何だか嬉しそうだった。

「ウッス」

また一人、タープを潜って男が現れた。球児だった。

「よう、球児。遅かったな。濡れたろう。まあ、温まってくれよ」

駐在が、座っていた場所を球児の為に空けた。

「新入りだ。マイケル、アメリカ人。仲間に入れてやってくれ」

社長が厳かに言った。

球児はちらっとマイケルの方に目をやっただけであった。彼は日本人でも、誰にでもそうだった。第一印象の良い男では決してなかったが、だからと言って悪い男ではなかった。

「いやあ、俺っち雨に降られりゃ最悪よ。客は来ない、物は濡れるで散々さ。テキヤ殺すにゃ刃物は要らぬ、雨の三日も降れば良い、とくらあ。帰りにコンビニで弁当買うついでに安酒仕入れてきたぜ。こう寒くっちゃあな」

球児は、弁当を食べながら、自分のコップに安物のウイスキーをストレートで注ぎ入れ、瓶のまま隣の男に回した。

「おー、豪勢だな。俺はウイスキーのお湯割りと洒落込むか」

代議士は自分の分を確保すると、またその隣に瓶を渡した。

酒が入ると、何だか皆、また元気になって、マイケルに向かって英語と日本語のごちゃ混ぜ会話が始まっていた。マイケルはこういうことには慣れているらしく、むしろ積極的に楽しんでいるふうであった。

翌日、駐在が成田から戻って来たのは十時過ぎであった。知り合いのバングラデシュ人の貿易商に、輸出用の古着を売ってきたところであった。軽トラックのレンタル代を差し引くと大した儲けにはならなかったが、元手はただだから仕方がなかった。

雨が上がって、太陽が出ると、十一月とは思えないほど暖かだった。

タープを取り除いた、火盥の傍にマイケルが一人でポツンと座っていた。

「ハーイ。ハウアユウ」

「ハーイ。チュウザイサン」

マイケルは早速、彼のことを皆のように駐在と呼んでいた。二人の英語での会話が始まった。

「マイケル、ゲンキナイナ。コレカラドウスル」

「オカネホシイデス。ハタラキタイデス」

「ホカノイングリッシュ・スクールハ？」

「イキマシタ。ダケドコトワラレマシタ。イマイッパイダソウデス」

マイケルはお手上げといった格好で肩をすぼめた。

最近は不景気で、英会話スクールも閉校するところが多かった。何より、英語を話す怪しげな外国人はごまんといたし、外国語も最近は、ハングルや中国語に主役の座を奪われていた。

ちゃんとした紹介状もないマイケルを雇ってくれるところはなかった。

「ソウカ、ワカッタ。オレガナントカスルカラ、スコシマテ」

「オネガイシマス。タスカリマス」

マイケルは少し安心したのかにっこり笑った。笑うと愛嬌の良い男である。もともとノー天気なのかもしれない。

言ってはみたものの、駐在にも確たる目処があるわけではなかったが、東南アジア流の「マイペンライ」、何とかなるだろうと思っていた。

夕食時、いつものように、火を囲むように座って、いつものようにとりとめのない話をしていた。マイケルは分かるのか分からないのか、黙って聞いていた。

「皆、マイケルから英語を習うとすると、何を習いたい？」

駐在が突然言い出した。

「俺は英語なんか興味ねーよ」

最初に声を出したのは球児だった。

「まあ、そうかもな。社長さんはどうだい？」

矛先を社長に向けた。

「俺か。そうだなあ、家内が生きていたら、海外旅行に行きたかったな。それも、ツアーなんかじゃない旅をな。俺たちの世代は外国に憧れたのよ。立派なホテルのフロントでかっこよく英語でチェックインする。そしてさりげなくボーイにチップを渡す。レストランで、メニューを広げ、今日のお勧めは何かを訊く。良いよなあー、映画の世界だよな」

「それは良いなあ。社長、今からでも遅くないぜ。……冗談は別にして、シニアのカップルには手作りの旅行だな。その為の、旅行に必要な会話だな」

「私はね、英語で世界について議論したい。例えば、政治、文化、宗教をね。アメリカ人がどういう考えを持っているかをね」

代議士が真面目な顔をして言った。

「代議士先生、会話の相手がアメリカ人のおばさんだったらもっと良かったんじゃないの。しかも美人の」

「それはそうだけどね。へっへっへー。ところで何の話だい」

代議士は、女の話になると途端に目尻が下がって、助平親父に豹変してしまうのだ。

「いや、実はマイケルの英会話スクールのことを考えていたのさ。どうやら生徒の的を絞ることだな。金と暇のあるシルバー世代を狙うことだな。……よーし分かったぞ」

「だけど、スクールと言ったって、スクールはどうするんだい。場所は？」

代議士がまた真面目な顔に戻って言った。

「うん。それも今考えている。我に秘策ありさ」

駐在は自信ありげに言うと、マイケルに英語で話しかけていた。

「マイケル、シゴトノハナシダ。エイゴノガッコウヲヒラク」

「エッ、エイゴノガッコウデスカ？」

「ソウダ。ソレマデニ、ジュンビヲシテオケ。ヒトツハ、シニアーノカップルノ、カイガイリョコウノシチュエーション」

「OK。リョウカイデス」

「フタツメガ、シニアーノ、ジショウインテリ、ヒカクブンカロン。ワカルナ？　イッテイルイミガ」

「ワカリマス。プライドヲシゲキスル。ごまをするコトデスネ」

「なんだお前、日本語分かるのかよ」

「はい、少しね。日本の文化、勉強しました」

　マイケルは急にそこだけ日本語を話していた。よく分からない男である。


　あくる朝、八時になると、駐在は背広にネクタイの営業マン・スタイルで出かけて行った。向かった先は市役所であった。

　市民サービス課の窓口に立っていた。狙いは、市が一般市民に開放している、集会所、会議室を借りることであった。

「すみません！　私こういうものですが」

窓口に座っていたおばさん風職員に、代議士先生と同じようなＮＰＯの名刺を渡した。役人という生き物は、横文字が出てきて、特に『世界』と名が付いた途端に思考回路が切断されてしまうものらしかった。それに加えて、駐在の堂々とした押し出しの良さを見せられると、おばさんたちは例外なく信用するらしかった。

「はい、どういったご用件でしょうか」

おばさんは立ち上がって言った。

「ええ、私、ユニセフの世界の貧しい子供たちに食料を送る運動をしているのですが、その為には先ず市民の皆様に世界の現状を理解していただかなくてはいけません。お分かり頂けますよね」

「ええ、分かります」

「つきましては、私どもＮＰＯのニューヨーク本部から参りました人間と、こちらの市民の皆様との交流会を開催したいと思いまして参りました」

「はあ、具体的にはどうしたらよろしいのでしょうか」

「ええ、それで会議室をお借りしたいのですが」

「ああ、会議室ですか。それでしたらこちらの会議室の予約票に記入してください。どのくらいの人数ですか」

何事が起こるのかと、身構えていたおばさんは、ちょっと拍子抜けしたのかもしれない。それが声に現れていた。

「そうですね、一回に十数人でしょうね」

「それでしたら、別館にある文化センターの小会議室ですね。ここに予約簿がありますから、その何も書いていない時間帯が空いているところです。予約は一カ月先までですので宜しく」

駐在は使う目処は立っていなかったが、平日は一日一コマ予約することにして、予約票をおばさんに渡した。

「失礼ですけど、市民の方ですよね。すみませんが身分証明書をお願いします」

不思議なことに駐在は健康保険証を持っていた。彼は、海外駐在が長かったために、年金の二十五年ルールをクリアしていた。もっとも、年金受給資格はあったが、いかんせん過去の支払い金額が少ないため、年金を満額貰っても、介護・健康保険料を差し引かれると手取りは殆んどゼロに近かった。それでも、知り合いの住所を使った健康保険証は何かの時には役に立っていた。

おばさんは健康保険証を見て、愛想よく返してくれた。

「ご存じでしょうが、文化会館は営利目的での使用はできません。それと中でお酒もいけません。宜しいですね」

「はい、分かりました」

駐在は市役所を出ると、文房具屋によって、一番安いざら紙とマジックペンを買った。

テントに戻ると「ヘイ、マイケル！　シゴトダゾ」大きな声で叫んだ。

マイケルの大きな身体がテントから現れた。

「チュウザイサン、シゴト？」

「ソウダ。シゴトダ」

駐在は、買ってきたざら紙にマジックで何やら書き出した。

「オマエノフルネームハ？」

「マイケル・カニンガム」

「カニンガム！　ヨクナイ。コリンズ」

「ナンデ、コリンズデスカ？」

「ナンデモ。コリンズノホウガ、エラソウダカラ」

——無料英会話スクール（初めての海外旅行）
講師：米国人　旅行評論家　マイケル・コリンズ先生
場所：文化会館　第×会議室
日時：毎週火曜・木曜　午後三時から——

「よし、これで良い」

駐在は自分で書いたのを眺めて、どうだといった顔をマイケルに向けた。手元を覗き込んでいたマイケルは肩を窄め、

「ホワッ　ヂス」

「アドバタイズメント」

駐在はマイケルの反応を無視して、一気に同じものを十枚ほど書き上げていった。

学者が見学に加わった。

「駐在さん、これ無料ですか？　ボランティアですか？」

「ああ、無料。市の公共の施設を営利目的で使ってはいけないんだよ。君、分かるでしょう」

「まあ、そりゃあそうですがね」

「心配ご無用。誰がただ働きなんかするかよ。任せなさいって」

「マイケル、ホームワーク？」

駐在がマイケルに訊いた。

「ハイ、ココニデキテイマス」

マイケルが書いた紙を手に取り、駐在は「イイダロウ」と言って、今日買ってきたざら紙十枚とマジックとを一緒に返した。

「マイケル、ソレヲテンレッスンニカキナオセ」

マイケルが一枚一枚テキストを作っている間に、駐在は別なチラシを作っていた。

「学者さんよう。無料とは言ったけど教科書までただだとは言っていないぜ。何か問題あるか？」

「なるほど！　さすがですね。でも生徒が集まるかですよね。問題は」

「うん、それも考えているんだ。ともかく、相手はシルバーのおじさんおばさんだからな。彼らのいそうな場所に餌を撒かないとな。このチラシを文化会館の会議室の前に貼っておくのさ。実はな、会議室の予約も考えて取ったのさ。前後の時間にシルバー教室のある時間帯を狙ってな」

駐在がチラシを書く手を休めて、一息ついて話を続けた。

「例えばさ、油絵だとか水彩画教室。こういう教室に通う連中は、ヨーロッパに行ってみたいのさ。マネ、モネ、セザンヌ、分かるだろう。後は、フラダンスに社交ダンスな。それから、フランス料理にイタリア料理かな」

あくる日、駐在とマイケルが向かった先は文化会館であった。

午前中の小会議室は華道の集まりであった。十一時少し前に、二人はドアを開けて目立たぬように中へ滑り込んでいた。おばさんたちが十人ほど、帰り支度をしているところだった。

「皆さん、ちょっとだけ話を聞いてください。皆さんは旅行に興味がありませんか？　こちらは有名なトラベリスト、旅行評論家のマイケル・コリンズさんです。マイケルさんが、初心者の海外旅行のハウツーを教えてくださいます。しかも無料です。興味のある方はここにパンフがございます。どうぞお取りください」

駐在は文化会館でコピーしたパンフを一人ひとりに手渡していた。

「こんにちは。マイケルです」

マイケルも日本語で愛嬌を振りまいていた。

「あら、面白そうじゃない。私今日の三時からここでフラがあるのよね。出てみようかしら」

「そうね、私もなの。これ英語でやるのよね。話せなくても平気？」

おばさんが駐在に訊いてきた。

「勿論です。英語の初心者向けですから。安心して参加してください」

周りに聞こえるような声で言った。手応えは上々だった。

昼休み、人のいないのを幸いに、二人はそこら中にポスターを貼って回った。

午後一時からは水彩画の教室であった。集まってくるのは小綺麗な格好のおじさんとおばさんであった。入り口に陣取って、入場者一人ひとりにパンフを手渡した。

二時になると、また会場に入り込んで駐在が演説を始めていた。

「えー皆さん。ちょっとだけお話を聞いてください。……ということで、お手元のパンフにございますように、今からこの教室で英会話スクールを始めます。無料ですのでどうぞご自由に参加ください」

「あら、面白そうね。無料だって。良いんじゃない」

そこかしこから囁き声が聞こえてきた。会議室を出て行く者、新たに入って来る者でざわついていたが、やがて静かになった。

駐在が腕時計を見ると二時ちょうどであった。会議室のドアを閉めて、中央に進み出た。傍には背の高いマイケルがいた。頭数を数えてみると全部で八人であった。

「グッ　アフタヌーン。レディス＆ジェントルメン」

「えー、アメリカからお越し下さいました著名なトラベリスト、旅行評論家のマイケル・コリンズさんを紹介いたします」

駐在は横に並んでいるマイケルを手で指し示した。

「マイネーム　イズ　マイケル・コリンズ。プリーズ　ミーチュー」

英語で挨拶するのを、皆は不安げに見詰めていた。

「ここにお集まりの皆さんは、英語が苦手な方ばかりだと思います。ご心配なく。マイケル先生のレッスンをお聴きになれば、間違いなく話せるようになります。夫婦で、お友達と二人で、あるいは恋人と、勿論お独りでも、お好きな国へ海外旅行に出かけられます。皆さん、憧れのパリ、ロンドン、ニューヨーク、何処でも行きたいところへ行けるのです。お仕着せのパッケージ・ツアーじゃありませんぞ。きっと素敵な出会いが待っているのです。皆さん、旅はロマンそのものなのです」

おじさん・おばさんたちはまるで憧れの場所にいるかのように、うっとりとした顔で聞いていた。

「さて、今日は第一回目。海外旅行の英会話の始まりは何処からでしょうか。……そうですね、イミグレーションですね。何を訊かれますか？」

駐在が一番前の席に座っていたおばさんを指さした。

「……」

本当は何と言ったか聞き取れなかったが「そうです。何しに来たか？　ですね。答えは簡単ですね。皆さんご存じの、サイトシーイングですね。その次は税関です。ここではノーデクラレーション」

駐在は身振り手振りで汗を掻きながら熱演していた。

「さあ皆さん、税関を通り抜けるとそこはもうパリです。ロンドンですよ。とうとう一人でやって来たのですよ」

皆の顔は、緊張から解放されたように紅潮していた。

「次は、ホテルのチェックインですね。ここからはマイケル先生に実際の会話を交えてお願いしましょう。マイケル先生お願いします」

マイケルがちょっと尊大ぶって前に進み、ゆっくりと話し始めた。状況がホテルのフロントであるのが分かっているだけに、マイケルの身振り手振りの説明でも十分付いてゆくことが出来た。

一時間があっという間に過ぎていた。

「今日の一回目のレッスンはこれで終了です。このレッスンは全部で十回です。十回で皆さんは、自由に何処にでも行けるようになるのです。是非続けてお受けください」

駐在は、やおらコピーの束を頭の上に翳した。

「えー、付きましては、今日のレッスンの内容が載っておりますテキストをお渡しします。ただでおあげしたいのですが、お一人様五百円、ワンコインを頂きます。部数に限りがございますから早い者順にさせていただきます」

数に限りがあると思うと、なんとしても欲しくなる人間の心理を利用した、安売り販売の手口と同じである。

おじさん・おばさんたちはテキストを持って嬉しそうに帰って行った。

「一丁上がりだな」

「一丁終わりましたね」

「うん！　マイケルお前、日本語分かるのかよ？」

不審そうな顔をして駐在が訊いた。

「ええ、少しだけど」

マイケルが応えるのに、駐在は理解不能というように首を振ってみせた。

次は自称インテリの文化論教室であった。

彼らが暮らす街は人口三十万人の政令指定都市であり、ご多分に漏れず高齢化が進んで、六十五歳以上の割合が三割を超えていた。そのまた三割の人々が、小金を持ち、暇を持て余しているとすると、二万数千人がビジネスの対象となる計算であった。

二人は手分けしてポスター貼りに出かけた。今度は高級そうなところを狙った。高級そうなレストラン、スポーツジム、市民に開放している大学、文化会館でも一見して難しそうな講座を選んで、ビラを貼っていった。

案ずるより産むが易しである。初回の講座にはおじさん四人とおばさん一人が出席してくれた。

「えー皆様、ボストンから参りました、マイケル・コリンズ先生です。先生は東西の文化を研究されておりまして、世界中を旅行されております。この後はインドへお出かけの予定でございます。今日はですね、一回目ということで、食文化について議論していただきます。宜しければここから先は、皆さんは英語が話せるということですので、マイケル先生にお願いします」

駐在は予め打ち合わせしていた通り、最初の話を終えると、マイケルにバトンを渡した。

「マイケル・コリンズです。最初に申し上げておきますが、英語の文法が可笑しくても構いません。それと、相手のことを直接非難しないこと。このルールを守ってください。それでは、自己紹介から始めましょう。名前はニックネームでも結構です」

マイケルに促されて、右隣の男性から始まった。

「太田です。メーカーに勤めていました。海外生活は十年になります。七十歳です」

「上村良夫と申します。高校の英語教師をしていました。年金生活者です。歳は六十五歳です」

「ジミーと呼んでください。商社マンです」

気取った感じのおじさん、いや、お爺さんである。

「松本です。自営業ですが、実質隠居しています。七十五歳になります。英語で話が出来るのは嬉しいです」

「森下と申します。専業主婦です。夫の仕事の都合で海外生活の経験があります」

最後の女性は、年齢を言わなかったが、六十くらいであろうか。

この教室に出るだけあって、出席者は皆、英語には自信がありそうであった。しかも、毎日の生活に、小金はあるけど刺激がないといった顔をしている者ばかりである。

それよりも何よりも、この世代は、『ギブミーチョコレート』に始まって、『アイビールック』に『プレスリー』、ひたすらアメリカ文化に恋い焦がれた連中なのだ。福沢諭吉先生もびっくり、『脱亜入欧』どころか、英語を話している時は、心はすでにアメリカ人なのである。

「それでは、食文化の違いについて討論しましょう。どなたか?」

マイケルがファシリテーター（司会者）の役を兼ねていた。

早速ジミー爺が手を挙げた。

「儂は長いことアメリカに住んでいた。それも、テキサス、テネシー、カロライナなんて田舎にな。アメリカには食の文化はないな。違うかね」

マイケルの方を向いて言った。

「そうですね。アメリカは移民の国ですから、南部だと黒人のスープや、メキシカン料理がありますね。東部でもボストンにはクラムチャウダーなんてのもありますけれどね」

「そりゃー、大都市に行けば、イタリアンでも中華でも日本食だってあるけどな。しかし、あれはアメリカ料理じゃないな」

「私もよくアメリカには出張で行ったけど、あれはあれで良いんじゃないの。ハンバーガーもオムレツもどでかくて、味はないけど。それに、フライドポテトね。お店のヒスパニックの姉ちゃんが何か言うんだわ。×××ケチャって。何のことかと思ったら、ケチャップのことでさあ、マヨネーズないと不味いよね。まあ、質より量も立派な文化でしょう」

メーカーのおじさんが言った。

「そうね、アメリカの食べ物は繊細さに欠けるわよね。でもね、最近の日本人も、特に若者はその傾向にあると思うわ。だって、何にでもマヨネーズを掛けるでしょう。あれって病気じゃない」

おばさんがちょっと気取った英語で言った。

「そうだよ。日本の伝統的な食の文化が壊されつつあるよ。要するにデフォルメされているんだな。その典型が丼ものだな。あれは良くないね」

高校教師がすかさずおばさんをフォローしていた。

「そうじゃ。何とか丼なんて、昔はなかったんだよ。あれは、車夫馬丁らの匹夫の食べ物だな。どんぶり飯に汁を掛けて食べるようなものさ」

隠居じいさん、何処で習ったのか立派な物言いであった。

「私は、牛丼、かつ丼、中華丼、みんな好きですね。美味しいし安いし、しかもカロリーもありますね」

マイケルが言った。

「マイケル先生、貴方は日本食をどう思いますか」

「私は、世界中を旅行しています。アジアの国も、韓国、中国、東南アジア、インドですね。日本食の中に他の国で見つからない物、少ないですね」

「えー、そうかな。じゃあ、豆腐や納豆は？」

「ああ、それはありますね。豆腐なんてもともと中国の物ですよ。納豆もミャンマーや雲南の山奥に行くと今でも食べてますよ。ついでに言っときますが、味噌・醤油もありますからね」

メーカーおじさん、その辺りがテリトリーだったとみえて、得意げに鼻の穴を膨らまして言った。

「じゃあ、日本独自の物って何かな。塩辛や漬物は？」

「そりゃーキムチに敵わないでしょう。まあ強いて言えば、こんにゃくかな？」

「さすがに、こんにゃくはないね。マイケルさん、こんにゃく食べますか？」

「こんにゃくは駄目ですね。味がしないじゃないですか。栄養もないし」

マイケルがどうにも不味いといった顔をした。

「そうかい、刺身こんにゃくうまいぜ。おでんも良いしな」

「あらそう。でもこんにゃくって、あれ貧しい土地の産物でしょう。そばとか納豆なんかもね。私は好きじゃないわ」

おばさん、どうやら栃木県か茨城県のお生まれのようで、英語でも語尾が上がる癖が耳についた。

「マイケル先生、刺身はどうだい。旨いと思うかね？」

ジミーがマイケルに訊いた。

「食べますけど、でも醤油の味ですよね」

「まあ、そう言われりゃそうだけどね。お刺身が美味しくなきゃあ、日本食は楽しめないよ」

「いや、本当の日本食は醤油をそんなに使わないんじゃない。結局日本食の良さって、味もそうだけど、見た目、器と盛り付け、出すタイミング、季節との関連、そういった繊細さじゃないのかなあ」

高校教師が言うと、男性諸氏は頷いていた。

「男性の皆さん、日本食の繊細さを仰いますけど、私は日本人の男性ほど、繊細さに欠ける人種はいないと思いますけれどね。失礼ですけど」

すました顔でおばさんが、強烈なカウンターパンチを食らわしてきた。男性陣の中からジミーが手を挙げた。

「いや、食べ物と女性に対する扱いは別じゃないですか。ここは別に考えた方が良いと思うな」

「あら、そうかしら。何事にも繊細さが大事だと思いますが。まあ、皆様が繊細ではないとは申しておりませんのよ」

ちょっと、おばさんの方が一枚上手のようだった。

じっと聞いていた駐在が椅子から腰を上げた。

「さて、時間ですね。皆様、理論家でいらっしゃる。第一回の討論会は楽しめましたでしょうか。えー、実は先生は世界中をこうやって講演して回っておりますが、スポンサーはいません。そこで皆様にお願いがございます。何がしのご寄付をお願いします」

駐在が透明のプラスチック・トレイを皆に回した。中には彼自身が入れた千円札がこれ見よがしに入っていた。

皆は文句も言わずに千円札を入れると、教室を出て行った。アクション映画を見た後の観客のように、すっかり主人公になり切って、チップを払うアメリカ人になり切っていた。ストレスの解消には安い代償のはずであった。

「二丁上がりね」

マイケルが日本語で言うと、駐在に真面目な顔を向けた。

「駐在さん、コミッション払います」

「何だって？」

「そうです。十パーセントでＯＫね」

「コミッションをくれるって言うのか？　ふーん、まあ良いか。ビジネスライクでいこうか。分かったよ」

マイケルは渡された五千円の中から、千円札を一枚駐在に返してよこした。

「ようし。次回からはお前一人で出来るな」

「はい、了解です」

マイケルはニコニコしながら言った。

二人は並んで文化会館を出て行った。駐在が牛丼屋の前で「おい、牛丼食べるか？」

「とんでもない。勿体ないです。行きましょう」

マイケルが先に立ってすたすたと歩き始めていた。

河川敷の堤防に上がると、ブルーテントが見えてきた。

「マイケル、お前彼女はいるのか？」

「ええ、います。バンコクに。だから、早くお金貯めて飛行機のチケット買いたいです」

「バンコクか。良いよなあ、暖かくて。食い物も旨いしな」

「そう。それに酒は旨いし姉ちゃんも綺麗。おまけに、タイマッサージは天国ですね」

「お前本当に何処で覚えたんだ。日本語？」

駐在は首をかしげ、笑いながら背の高いマイケルの顔を見上げると、マイケルがウインクを返してよこした。

翌日から、マイケルは独りで英会話教室へ出かけて行った。駐在は、彼本来のビジネス、古着の収集と整理に忙しかった。

英会話教室は結構人気があると見えて、一日一コマでは捌ききれずに、もう一時間予約を増やす必要があった。駐在が、また市役所の市民サービス課に行って、文化会館や集会所の空き時間を探してやった。


街ではそろそろクリスマス・ツリーが飾られ、色とりどりの電球が煌めいていた。師走が近づいていた。

皆は、晩飯を食べ終わるとすることもなく、火を取り囲んで座っていた。別に目的があるわけでもなく、大抵、誰かの与太話か、ほら話を聞くのが精々であった。その話がどのくらい信憑性があるのかは、本人にしか分からなかったが、そんなことに頓着する者もいなかった。

「あれ、そう言えばマイケルの奴は？　今日は見かけないな」

代議士が、火掻き棒で火盥をつつきながら言った。

「そう言えば、遅いな。今日は確か、文化論講座のはずだったがな」

駐在がちょっと不安そうに腕時計を見ると、八時を過ぎていた。

暗闇の中から、靴音がして「こんばんは」マイケルの声だった。輪の中にぬっと顔を出した。

「おい、遅いじゃないか」

「はあい！　今日は居酒屋コンパです」

マイケルが日本語を話すのはもうみんな知っていた。

「何だお前。ご機嫌だな」

「そう。機嫌グッドです。居酒屋は最高。ノミニケーションは日本の文化です！」

マイケルの顔が赤かった。炎のせいだけではなさそうだった。文化論講座の後で、皆で居酒屋に席を変えて、続きをやってきたのだという。

「ふうん。今日は何をテーマに議論したんだ」

駐在が、面白がって訊いた。

「男性・女性について。あ、その前にプレゼントがあります」

マイケルはナップザックの中から、瓶を取り出した。

「これ、おじさんから貰いました。飲みましょう」

マイケルが代議士に手渡したのは焼酎の瓶だった。

「おー、これは宮崎の林忠蔵だ。これは上物だぞ。よおし、遠慮なく飲もうぜ」

代議士は自分のカップに焼酎を注ぎ入れると隣に回した。最後に、マイケルの手に誰かがコップを手渡してやって、焼酎を注いでやった。

「よーし。マイケルの英語教室に乾杯！」

代議士が大きな声で叫ぶと、ゴクリと音を立てて飲みこんだ。

「プー、効くな。はらわたに染みるぞ、本物は」

笑い声が起こった。

「で、男性・女性論は？」

「そう、そうでした。今日は、男性が四人、女性が二人でした。教室のディベートでは女性に敵いませんでしたね。でも、居酒屋では男性たちは皆元気でした。お酒が入ると元気になります。不思議ですね。その代わり、おばさんたち、お酒飲むと急に女に変身しました。不思議ですね。日本人は」

マイケルはどうにも不思議だと言うように、肩を窄めた。

「面白い。聞こうじゃないか。日本人論」

代議士が、カップを左手に持ち、身を乗り出してきた。

「これ見てください」

マイケルがポケットから取り出したのは名刺の束であった。

「男性、皆さん、名刺好きですね。でもこれ元の名刺、辞めてしまった今は意味ない。でもこれ受け取って、尊敬してあげると喜びますね。プライド擽るね。皆さん寂しいんですね。誰も相手にしてくれないのですね」

当たっているだけに、皆は苦笑いするだけであった。

「それと、おばさん、強いですね。でも、お酒飲んだら、カラー・アイを使うのですね。本当は、もっと、冒険、フランス語でアバンチュールしたいのでしょうね」

「何、お前に色目を使ったか。マイケル、お前はもてるんだよ。おばさんにな。ビ・ケアフルだぞ」

代議士が面白がって言った。

「まあ、負け惜しみに聞こえるかもしれないけど、金や、社会的地位・名誉なんてこの歳になりゃあ、何の価値もないよ。ちょっとでも良い思いを味わった連中は、昔のことしか考えられないのさ。人間死ぬときは誰も一緒さ。生まれてきた時と同じように裸さ。分かるか。俺に言わせれば、もっとも馬鹿げているのはどでかい墓を建てたり、大袈裟な葬式をやったりすることだな。死んだ後まで偉そうにしたいのかね」

社長がしみじみと言った。

「私も社長さんの意見に賛成ですね。クリスチャンの墓は質素ですね」

「墓か！　俺たちには関係なさそうなテーマだよな」

「ようし！　次回は女性論でいこうぜ。楽しみにして、今晩はここまでだ」

「さて、寝るか。マイケル、ご馳走さん」

皆は、それぞれのテントの中に消えて行った。火盥の火も小さくなって消えそうであった。

街中にジングルベルの音楽が鳴り響き、デパートやスーパーの前では、クリスマス・ケーキの箱が積み上げられていた。何処からかフライド・チキンの焼ける旨そうな匂いが漂っていた。若い男女が腕を組んで歩いていた。会社帰りのおじさんたちが、今夜だけはしらふで家路を急いでいた。

クリスマス・イブであった。

でも彼らは知っていた。明日か明後日になれば、クリスマス・ケーキもフライド・チキンも売れ残りをただ同然で手に入れられるのを。

今夜もマイケルの帰りが遅かった。駐在だけが火盥の傍に座っていた。火の勢いが弱ってきていた。諦めて寝ようかと思っていた時、マイケルが帰って来た。

「よう、遅かったな。クリスマス・パーティーか？」

「ノー。良いことありました」

マイケルは真面目な顔で話を続けた。

「駐在さん。私、明日の朝早く、バンコクに行きます。ですから、お別れです」

「えー、本当か。切符は？」

「今日やっと、ＬＣＣの更に格安を手に入れました。そう、忘れないうちにコミッション払います」

ポケットから一万円札を引っ張り出して、駐在の目の前に差し出した。

「何だよこれ。一万円もか？　要らないよ」

「そうです。十パーセントです。約束ですから受け取ってください」

駐在の手のひらに無理やり押し付けた。

「じゃあ、貰うぜ。それでバンコクでどうするんだ。飯食えるのか？」

「私、バンコクに彼女います。そこで暫く働きます。ですから、心配ないです」

「そうか。バンコクか良いな。俺も昔暮らしたんだ」

「駐在さん、お世話になりました。日本の人、隣近所の人たちも、親子・兄弟でも冷たいです。でも、皆さんの心温かいです。私すごく感謝します」

「分かった。皆にお前の言葉伝えるよ。じゃあ、もう会えないかもしれないけど、テーケアーグッド・ラックだな」

駐在が差し出した手を、マイケルは固く握り返してよこした。

「そう、これシャンペンです。本物ですから、皆で明日飲んでください。クリスマスを祝ってください」

マイケルはシャンペンを駐在の手に預けると、テントの方に歩いて行った。その背中に「マイケル、メリー・クリスマス」駐在の小さな声がした。


翌朝、目を覚ました時にはマイケルのテントは消えていた。そこだけ枯草が押し倒され、丸くテントの跡が残されているだけであった。

テントから起き出してきた者から、マイケルがいないのに気が付いた。最後に起きてきたのは駐在だった。

「マイケルの奴、バンコクに行っちまったよ。皆に宜しくって」

起きたばかりの、気の抜けたような声で言うと、マイケルに貰ったシャンペンを片手に、ラベルを眺めていた。

「おっ、本物だぞ、こりゃあ。数千円はするな。……これクリスマスプレゼントだってさ。マイケルの」

「行っちまったか。面白い奴だったよな」

「そうだな。外人ってもっといい加減な奴だと思っていたけどな。なかなか義理堅い奴だよな」

社長が代議士に相槌を打った。

「俺たちのクリスマスは十二月二十六日と決まっているんだよ。明日、ケーキとフライド・チキンを手に入れてきてやるよ。シャンペンで乾杯と洒落込もうぜ」

球児が威勢よく言った。

駐在は、バンコクを思い出していた。

「東南アジアは良かったな」

誰の耳にも届かない彼独りの呟きだった。

第四章　海外雄飛

駐在の本名は寺島幸作、昭和二十四年、長野県の山深い農村で生まれた。団塊の世代は、生まれ落ちたその瞬間から競争が始まっていた。まして四人兄弟の末っ子であれば尚更だった。優勝・劣敗、弱肉・強食といかないまでも、すばしっこくなければ食い物にもありつけないのだ。

幼稚園などあるはずもなく、小学校に上がる前から、夢中で外で遊んでいた。遊びとは、即ち食べることであった。小川には、海老、沢蟹、うぐい、やまめ、田圃の畔では、泥鰌、フナ、鯉、田螺がいた。

夏になれば、蜂の子にイナゴ取り、冬には野兎や雀取り、動物性たんぱく質の補給は子供たちの役目だった。

勿論、雪解けとともに、山菜採りが待っている。蕗、うど、蕨・ぜんまい、野わさび、幾らでもあった。秋が来れば、キノコ採り。

何と言っても子供たちにとっては、山の果実が一番だった。野苺、桑の実、あけび、山葡萄、マタタビ、椎の実、栃の実、山栗、胡桃、山里の子供たちは山猿のようだった。

小学校も中学校も教室は人で溢れていた。高校受験も大学受験も、受験地獄とはまさにこの時代から始まったのである。

寺島は、東京の大学に行くことに決めていた。それも、外国語系の大学であった。たまに観た、映画の影響かもしれない。スクリーンに映る世界は、あまりにも自分たちの世界とはかけ離れていた。早くこの山奥から出て行きたかった。それ以上に、何百年と続いてきた、この地縁・血縁の悍ましい村社会から逃げ出したかった。

少年の夢は海外に飛躍することであった。

東京の外国語系大学のインドネシア語科に入学した。本当は英語や、仏・独などのヨーロッパ語を学びたかったのだが、自分の学力と照らし合わせれば仕方のない選択だった。

昭和四十七年の春、卒業と同時に中堅商社に入社した。

当時、商社と言えば財閥系の巨大商社と、新興勢力である関西系の糸偏商社が日本の国際取引を牛耳っていた。駐在が入社したK商事などは、特定の国か特定の品目を細々と扱うに過ぎなかった。

それまで、K商事はインドネシアに強かった。しかし、一九六八年、クーデターによる政変でスハルトが大統領になって以来、スカルノ政権の下でうまい汁を吸ってきた商社の地位は大きく後退してしまっていた。

米国の反共ドクトリンに追随した日本政府のＯＤＡや円借款の大盤振る舞いも、今や、大手商社の草刈り場となっていた。Ｋ商事にはそのおこぼれが時々回ってくるだけであった。

日本国内は、『列島改造』に代表されるように、いつまで経っても土建国家であったし、どの業界も過当競争に悩まされていた。

そんな中、特に技術力のある中堅メーカーは、輸出で将来に活路を見つけだそうとしていた。しかし、メーカーには貿易取引を担う人材がいなかった。そこに、メーカーと商社の不思議な関係が生まれる必然性が存在したのである。

Ｋ商事で働く寺島も、メーカーの輸出部門に日参していた。それは、時には農機だったり、あるいは建機、輸送機、空調、発電機など、売れそうな物はなんでも扱った。メーカーの人間は、自分で輸出する力もないくせに、商社の人間を見下していた。特に、Ｋ商事のような中小の商社には露骨に態度が大きかった。どちらがお客か分からなかった。そう言えば、当時のメーカーの人間から、お客様という言葉を聞いた例がなかった。

寺島は上司の課長と共に、大手町に本社のある輸送機メーカーを訪れていた。フィリピン政府から円クレ（円借款）による輸送機の大口受注案件であった。

「ああ、Ｋ商事さん。フィリピンの話ね。この案件ね、さっきＣＩ商事からも聞いたよ。どうなんだろうね、お宅の場合」

輸出部門の営業課長は、ソファーからずり落ちそうな格好で、足を投げ出して座っていた。

「はあ、ＣＩさんは別なメーカーにも声を掛けているみたいですがね。で、具体的な条件はお聞きになりましたか？」

「いや、まだだけどね。お宅は具体的な数値持って来たの。だったら見せてよ」

「これは飽くまでも向こうの要求値ですから、参考と思ってください。スペックはこれです」

「この値段じゃあ、話にならないよ。外国のメーカーは？」

メーカーの営業課長は偉そうに、書類を投げ返してよこした。

「これは、円クレのタイトローンですので、競合するのは日本メーカーだけです。ですから勝機は十分あります。是非ベストのオファーをお願いしますよ」

寺島の上司は、自分の子供のような年格好のメーカーの営業課長に向かって頭を下げて言った。

「分かった。僕が何とかするよ。……ところでさあ、今日は花金だよね。どう、お宅と最近親しく話してないしさあ、今から銀座あたり」

メーカーの営業課長は急に声を潜め耳元で囁いた。

「ええ、勿論です。ご案内しますよ」

上司は腕時計を見て、寺島に目配せをした。店の予約をしておけという合図であった。

営業課長と彼の部下と四人で、新橋のすし屋に寄り、カウンターで腹ごしらえを済ませ、銀座のバーに繰り出すのだった。

勿論、払いはK商事持ち、帰りにはタクシー券まで要求する図々しさであった。

もっとも、こんなのは可愛い方で、メーカーの輸出営業部門の輩には、二次会どころか、女まで要求する強者がいるのである。

寺島には入社して以来、インドネシア語を話すチャンスはめったに来なかった。英語は商社マンとして必須であった。通勤途中もアパートに帰って来てからも英語漬けの生活を送ったが、四年経っても、ネイティブと話すのは不安であった。

ある時、インドネシアからの引き合いがあった。その案件で、インドネシア政府の役人が日本に出張してくることになった。その日は偶々、担当のインドネシア語の出来る先輩が出張中で不在であった。

寺島は、役人二人をホテルでピックアップし、港湾施設を作るメーカーの工場見学に連れて行った。しかし、彼らにはそんな物は興味がなかった。目的は他にあった。

東京に戻って来ると、そこからが本番であった。彼らは、ムスリムのはずなのに、帽子を脱いで背広に着替えると、酒は飲むし、その上何でも食べた。彼らにタブーはなかった。最後はお決まりの現ナマと女であった。

寺島は用意してきた、一万円札の入った分厚い封筒を彼ら二人に渡し、日本女性がホテルの部屋を訪れることを告げた。コールガールを手配してあった。

この金の出所は、K商事が輸出代金に上乗せする口銭であり、しかも本を正せば全て国民の税金であった。

この程度であれば、寺島のインドネシア語でも十分通じることが分かった。しかし達成感はなかった。むしろ、後味の悪さだけが澱のように心の底に残っていた。

K商事に入って五年目に、転機がやってきた。アムステルダムの駐在事務所勤務の話であった。

オランダ在住の大手商社は、とっくに現地法人化されており、少なくとも東京の支店扱いをしていたが、K商事は依然として駐在事務所、しかも日本人一人のワンマン・オフィスであった。

寺島は、大学時代にインドネシア語科の中にオランダ語の授業が必須科目としてあった為、少しはオランダ語が出来た。そんなこともあり、前任者と交代することになったのである。


昭和五十二年四月、寺島は二十七歳、独身だった。

会社の同僚が、羽田まで見送りに来てくれた。成田空港はまだ完成していなかった時代である。羽田空港の国際線に続く通路には、赤いじゅうたんが敷かれていたのを今でも覚えている。

KLMオランダ航空に乗って、アンカレッジ経由、二十時間かけてスキポール空港に着いた。

何だか足元がふわふわして、全てが夢のようであった。

もっとも、目を覚ますのにそれほど時間は掛からなかった。

空港のイミグレ・オフィサーが見下すように「お前は日本人か。何しに来た」まるで詰問調子であった。外国人であることの現実が、いきなりストレート・パンチとして飛び込んできた。

朝の八時を過ぎているのに、アムスの街中は暗かった。オフィスは、ダム広場から歩いて二十分ほどの、運河沿いのビルの三階にあった。五十平米もあるであろうか、秘書兼雑用係のオランダ人のおばさんが一人いるだけの、小さな事務所であった。

前任者は所帯持ちであったので、事務所から遠くない所に、新たに小さなアパートを借りた。車だけは社有車だったので、前任者のお古のフォードを使うことにした。

引き継ぎは、K商事が扱っている、日本メーカーの現地代理店に顔を出すことであった。それも二日あれば十分だった。後は、ハーグにある大使館に行って、在留届を出すことと、日系の銀行に銀行口座を開設することであった。

肝心なことが残っていた。それは、ビザを取得することであった。アムスの中央警察署の外事科に行ってパスポートにスタンプを貰ってきた。次に保健所に行って、結核診断のためレントゲン検査を受けなくてはならなかった。

保健所は混んでいた。頭にスカーフを被り、スカートの下にズボンを穿いたトルコ人の女性や、色の黒い中南米の元オランダ領から来た人々や、インドネシア人と思しきアジア人がレントゲン検査の順番を待っていた。周りには西欧人、ヨーロピアンは一人もいなかった。寺島は、自分が嫌でもアジアの一員であることを、再認識させられるのである。

　事務所の壁に貼られた世界地図は、当然イギリスを中心にしたヨーロッパがあり、そして、遥か東の果てにポツンと浮かぶ小さな島々、日本が描かれていた。彼らヨーロッパ人にとって、日本はまさに文明の行き届かない極東なのだ。

　それが終わって、労働許可証を貰って初めてビザが下りるのであった。

　寺島は毎朝八時には出勤していた。事務所のドアを開けると、テレックスの受信音が機関銃のように聞こえてきた。受信用紙は床に尻引いて、二重・三重に丸まっていた。八時間の時差があり、東京はその日の午後四時である。

　寺島の一日は、テレックスの受信紙に目を通すことから始まる。そうしている間に、東京から国際電話が入ってきた。国際電話料金は高額の為、不要不急の通話は禁じられているのだから、緊急に違いなかった。

「はい、寺島です」

「寺島君か。テレックス読んでくれたか」

　本社の営業部長からだった。

「はい、今目を通しているところです。……ああ、某メーカーの役員が来蘭する件ですね」

「そうだ。明日直行便で行くからな。時間がないけど手配頼むぞ。知っていると思うけど、今進めている案件のキーパーソンだからな。交際費使ってもいいからな。奴さん、飲む打つ買うだぞ。分かっているな」

「分かりました。うまくやりますから、任せておいてください」

電話が切れた。

そうしている間にも、テレックスは休みなく音を立て続けていた。そんな状態が午前中いっぱい続いて、日本時間の夜の九時を回ってやっと静かになった。

それからが忙しかった。某メーカー常務御一行の訪問先へのアポの再確認と、レストランの予約であった。

今朝のテレックスの返事を下書きし、キーボードに向かってローマ字を一字一字、軒から落ちる雨だれのように打ち込んでゆく。全ての送信が完了したのは夜の九時だった。

オランダのレストランは大抵十時過ぎで閉店だった。寺島は、急いで戸締まりをしてオフィスを出るのだった。

翌日は、朝九時にホテルに迎えに行き、常務と鞄持ちの課長を連れてメーカーの現地代理店を訪れた。彼らが英語を話せるわけもなく、一言一句全て通訳させられた。

途中のレストランで昼飯を食べている時に、鞄持ちの課長から耳打ちされた。

「寺島さん、この後なんですがね、こちらにカジノがあると聞いてきたんですがね」

「ええ、ございますよ。話のタネに行ってみますか？」

トイレから戻って来た常務に、寺島が何気なく訊いた。

「常務、今日のアポはもうありませんから、どうです、話のタネにオランダのカジノを覗いてみては」

「あーそうだな。僕はどっちでも構わないよ。君はどうかね？」

常務は課長に向かって言った。

「いやー、折角そう仰ってくれるのですから、行ってみましょうよ」

それで決まりだった。

二人を乗せた寺島の車は、スケヘニンゲンにあるカジノに向かった。

中は外国人が目立って多かった。白い衣装を纏ったアラブ人と華僑とインド人が目についた。

二人は、ルーレットに賭けていた。その間、寺島はバーでビールを飲んで時間を潰していた。

課長が一時間ほどでしょぼくれた顔で現れた。更に一時間近く待たされて常務がチップを手に現れた。

現金に換える方法を教えてやると、ニコニコして戻って来た。どうやら二百ドルほど儲けたようだった。

「いや、お待たせ」

「どうでしたか？」

「うん僕は博才があるんだよ。稼がしてもらったよ。君はどうかね？」

自慢げに、課長に矛先を向けた。

「さすがですね、常務。私は駄目でしたね」

「君、山本五十六を知っているかね。大将になるには博才も必要だよ」

どう見ても大将の器には見えない男であった。

「じゃあ、ホテルに戻りましょう。夕食は日本食をご用意してありますから」

寺島は、暗くなったハイウェイをアムスに向かって百三十キロのスピードで飛ばしていた。

七時前にはホテルに着くことが出来た。

レストランは、ホテル内にある『山里』だった。アムスではミシュランの折り紙つきの高級レストランである。

常務はご機嫌だった。

「しかしなんだね、君には悪いけど、僕は軍資金も出来たことだし、この後も何処か行ってみたいね」

「いや常務、私もお供しますよ」

常務がトイレに立った隙に、課長は寺島に小指を立ててみせた。女だった。

「じゃあ、この辺で、夜のサイトシーイングと参りましょう」

寺島は伝票を摑むと先に席を立った。

三人は、車を停めると、運河沿いを歩いていた。煉瓦の舗道に靴音が響いていた。頭を上げると薄暗い中に、そこだけ赤や黄色の灯が灯っていた。近づくと、カーテンが引かれている窓と、ガラス戸越しに女性の裸の影が映っている窓があった。

常務が足を止めた窓から、大柄な白人の女が手招きをしていた。

「ここにしますか」

寺島が低い声で訊いた。

「……」

常務は黙って頷いた。

「じゃあ、僕は向かい側にあるコーヒーショップでお待ちしていますから」

常務は、階段を上ってドアの向こうに消えた。

「課長さんはどうですか？」

課長はもじもじしていたが、意を決して隣の階段を上って行った。

寺島は、一人でカウンターに座りコーヒーを飲んでいた。傍で、オランダ人の若者が二人ビールを飲んでいた。二人の会話から、どうやら友達を初めてここへ連れて来たみたいであった。暫くすると、彼らの連れの若者が一人で店に入って来て、荒々しい歓迎を受けていた。若者が男になったことを祝っていたのであろう。

オランダは五百年の歴史を持つ民主主義の国であり、成熟した大人の社会であった。それは自由の代償としての厳しいセルフ・コントロールが前提であった。

間もなく二人が申し合わせたように同時にコーヒーショップに入って来た。首尾は上々だったのか二人とも満足そうであった。大体、日本人の男性は、白人女に「オービッグ。歌麿ね」などと言われて、やらなくても良いチップを多めに払うのだから。

三人が店を出て歩き始めると、ポルノショップの灯が眩しかった。

「どうですか、ポルノ雑誌は？」

寺島が足を止めて訊いた。

「そうだな、お土産に買おうか」

「しかし常務、羽田の通関でばれるとやばいですからね」

課長が小心そうに言った。

「じゃあ僕がエアメールで送ってあげますよ。コンフィデンシャルで課長さん宛に。多分、皆さんが日本に着く頃には届いているでしょう。さあ、どうぞ中に入って見てみましょうよ」

寺島が先に立ってドアを押して中に入って行った。

二人をホテルまで送り届け、アパートに帰って来たのは十一時をとっくに過ぎていた。車の助手席には、彼らが買ったポルノ雑誌が数冊置かれていた。寺島は小さく溜め息をついた。

翌日も朝早くから、テレックスとの格闘であった。

寺島は昨夜預かったポルノ雑誌を、秘書の女性に見られないように、自分でカタログの間に挟み込んで封筒に入れ、エアメールするのだった。

寺島は、本社の部長宛にテレックスを打っていた。

――××メーカー常務一行は、本日アムスをお発ちになりました。滞在中のアテンドは上出来でした――

ワンマン・オフィスには日曜も祭日もなかった。千客万来、メーカーの人間から、商社、金融関係、どういう伝手で依頼が来るのか、田舎の町会議員までいた。それも、ほとんどが仕事は二の次で、観光と賭け事に女の世話であった。

日本人のおじさんたちは白人女が大好きである。しかもどういうわけか、ソフィア・ローレンや、ウルスラ・アンドレスのようなグラマーが好きである。バレーボールほどもある胸の二つの谷間で、あっぷあっぷしながら短い手足をばたつかせているのを想像すると、吹き出したくなってくる。

その代わり、値切っては男の沽券に係わると思うのか、金払いも良かったから、彼女たちには上客なのかもしれない。

日本で偉そうな顔をしている輩ほど始末の悪い者はなかった。外国人の前では、からっきし意気地がないくせに、日本人と見ると途端に威張り腐ってふんぞり返るのであった。

最悪は、金曜着、月曜発のお客である。土日をフル・アテンドさせられるのだった。それでも、帰りに「お世話になりました」と言ってくれる客はまだ良い。中には、同時に二組の客が入ってしまい、どちらかを犠牲にしなければならないこともあった。そんな時、日本に帰って、アムスのアテンドはなっていないなどと言われた日には堪ったものではない。

二年があっという間に過ぎていった。寺島は二十九になっていた。こんな生活では、結婚相手を見つけることなど絶望であった。オランダ人の女性とさえ、親しくなるチャンスはなかった。

もっとも、寺島はオランダ人の女性は、高慢で嫌いであった。オランダ人の男性が可哀そうに見えた。オランダ人の男性が日本人の女性と結婚している例は数多く知っていたが、皆幸せそうだった。

寺島は、結婚するなら日本女性と決めていた。

三年目に、一時帰国が許された。本社に帰ると、社内の女性を結婚相手に紹介された。総務部にいて、海外駐在者のサポートをしてくれていたので以前から知っていた。三週間の滞在の間に何回かデートもした。話はとんとん拍子で進み、結婚を約束するまでになった。オランダに帰国する前、彼女の両親にも会って結婚の承諾を取り付けていた。

二カ月後、彼女が単身オランダに花嫁としてやって来た。

土日を挟んで三日間、車でパリへ新婚旅行に出かけた。パリのリングを下りて、一方通行とサークルをすり抜け、やっと小さなホテルに着いた。

モンマルトルではジプシーの子供たちに取り囲まれ、財布を掏られそうになり、やっと二人で逃げ出した。シャンゼリゼ通りをお上りさんして、セントノーレを冷やかして歩き、ルーブルでは疲れ果て、あっという間に三日間が過ぎた。最後に食べた、『大阪屋』のラーメンと餃子が旨かった。

寺島は結婚しても、1DKのアパートに住み続けていた。夫婦二人で暮らすには十分だった。残業で遅く帰って来ても、食事の心配をしなくていいのは有り難かった。

妻の久美子は、すぐにアムスの生活に馴染んでいた。日本人会の若い奥様たちと知り合いになって、昼間はよく出かけていた。帰って来るといつも寺島に文句を言うのだった。

「ねえ、今日はT銀行の奥様のうちにお邪魔したの。二階建てのタウンハウス、立派だったわ。お部屋もいっぱいあるし、庭だってついているのよ。うちはどうしてこんな狭いところに住まなくてはいけないの。会社の住宅手当ってどうなっているの」

「上を見たらきりがないよ。お前だって総務にいたから知っているだろう、うちの会社の社内規定。俺は平社員で、夫婦二人きりだとこんなもんだよ」

「じゃあ、夏休みはどうなの。私たちは何処に行くの。他の会社の人たちは、皆さん一週間以上お休みだって。良いなあ、スペインなんか行きたいな」

「分かったよ。スペインでも行こうか。休みが取れればな」

寺島はこれまで、長期の夏休みを取ったことがなかった。旅行を計画しても、必ず仕事が入り中止せざるを得なかったのだ。最悪は、大事な客筋が日本の夏休みを利用して、渡欧するからアテンドしろという命令であった。

結局その夏も、急な仕事が入って、スペイン行きは実現しなかった。車で、デュッセルドルフとフランクフルトに二泊三日で出かけただけであった。

翌年、妻の久美子が妊娠した。オランダの病院で出産する選択肢もあったが、寺島は久美子を実家に帰すことに決めた。

飛行機に乗れる、ぎりぎり妊娠八カ月で日本に帰って行った。その日から、寺島の単身生活が始まった。食事は不便だったが、慣れたものでむしろ気楽であった。

さすがに子供が産まれては、アパートも手狭で、2DKのフラットに引っ越すことにした。家賃は倍ほどしたが、家族手当が加算されたので何とかなった。

子供が産まれて三カ月して、妻が帰って来た。子供は男の子だったが、初めて見る赤ん坊が、何だか本当に自分の子なのか戸惑っていた。勿論、髪の毛は黒いし、お尻には蒙古斑があり紛れもない日本人の子供であった。

やがて、ハイハイをし、立って歩くようになると、たまらなく可愛かった。そうすると、子供の顔も何だか自分に似ているような気がして嬉しかった。

寺島がアムスに駐在してから五年が過ぎようとしていた時、帰国命令が届いた。オランダでは、外国人に対する所得税の優遇は五年が限度であった。

寺島は妻と子供と一緒に帰国し、練馬にある社宅に落ち着いた。同じ2DKでも、アムスのフラットハウスとは比べるべくもない社宅の狭さであった。そこから毎日、新宿にあるK商事本社に通った。

翌年、長女の誕生を機に、埼玉県に一戸建ての分譲住宅を買った。幸い、土地バブルの前であった。それでも、借りられるお金は目一杯借りて、やっと手に入れることが出来た。

引っ越しが終わった翌月から、ローンの返済が始まった。ボーナスからの返済を多めに組んであったが、それでも月末にはお金がなくなって、なけなしの貯金を取り崩して生活しなければならなかった。

寺島は、煙草をやめ、同僚との帰りに一杯も極力断るようにしていた。段々と、社内では付き合いが悪い人間の烙印を押されていった。

妻の久美子が頻繁に彼女の実家に通っては、帰りに何か貰ってくるのだった。寺島はそれが不満だった。どうせ、実家で自分の悪口を言っているだろうと思うと、迎えに行く気にもなれなかった。

昭和六十一年、寺島がオランダから帰国して五年が過ぎ、三十六歳になっていた。やっと待望の海外駐在の辞令が下りた。今度はインドネシアであった。ジャカルタにあるK商事インドネシア支店勤務であった。

東西冷戦が終局を迎える前のインドネシアは、所謂反共ドクトリンの下、米国や日本の後押しを受けたスハルト大統領の一族に、経済の全てを牛耳られていた。

日本の各商社は、大統領ファミリーのあらゆるコネを使ってビジネスに食い込もうとしていた。そんな中、K商事は、スカルノ政権時代に築き上げた太いパイプも今では役に立たないばかりか、かえって仇になっていた。他の商社に比べて完全に出遅れていた。

寺島が赴任する前には、支店長以下、日本人が三人いた。寺島はその年の四月、やっと課長職に昇格したばかりであった。従って現地での序列は、支店長とその下の部長に次ぐ三番目であった。逆に言うと彼の下には平の男性が一人いるだけであった。

アムス駐在の時よりは格段待遇も良くなっていた。それは、日本企業の国際化に伴う時代の趨勢でもあった。

半年遅れて、妻と子供二人がやって来た。住まいは、昔、植民地時代にオランダ人が住んでいたような一戸建ての屋敷であった。家には、社有車専属の運転手の他に、家族のための運転手、メイドとベビーシッターがいた。長男は、ジャカルタにある日本人学校へ通っていた。

妻の久美子にとっては、二度目の海外暮らしでもあり、ジャカルタはまるでシャングリラ（桃源郷）のようであった。同年代の日本人女性は沢山いたし、遊び相手には困らなかった。下の女の子をベビーシッターに預けて、よくゴルフに出かけて行った。

K商事には、国家プロジェクト等の大型案件を扱うだけの力はなかった。それらの美味しいところは、大手商社に持っていかれて、食べ残しが少し回ってくるくらいであった。

寺島は、バブルで浮かれ出した日本向けに海老の養殖を手掛けていた。日本では昭和六十年を境に、ファミレス等の外食産業が大きく成長していた。そこでの目玉の一つが海老であった。数年で、海老の消費量が倍になっていたのである。

インドネシアでの養殖エビは、大型のブラックタイガーと中型のバナメイエビであった。ブラックタイガーは日本の車エビの代用として人気もあり、値段も良かった。最初は、養殖方法も原始的であった。海岸沿いのマングローブやその地続きの湿地帯を掘り下げて大きな池を作り、満潮時に海水を引き込めばそれでよかった。プランクトンが勝手に成長し、数カ月後には出荷できるまでになるのだった。

その為には、ブルドーザーやショベルカーが必要だった。しかも、湿地用の特殊スペックが必要とされた。もう一つは、冷凍設備であった。海老は鮮度が一番であり、水から揚げたらすぐに瞬間冷凍しなければならないのだ。

最初の数年間は、機材の輸入も、冷凍エビの輸出もうまくいっていた。寺島の社内での評価も高かった。

しかし、うまい話は長続きしないものである。当然のように、新規参入者が増え、市場に出回る量が増えれば値段が下がるのは避けられなかった。それと、ブラックタイガーは病気に弱かった。同じ池で自然養殖を続けると、病気に感染する確率が増えるのだ。

また新しいビジネスを開拓しなければならなかった。

妻と子供たちがジャカルタに来てから五年が過ぎ、長男は日本人学校の六年生になっていた。突然、妻の久美子が日本に帰ると言いだした。子供の受験の為であった。

ジャカルタに暮らす駐在員の子弟は、小学生は多かったが、中学になると生徒数は急激に少なくなり、三年生のクラスなどは十数人しかいなかった。高校受験を考えて、早いうちに日本へ引き揚げるのだった。

妻の久美子は、長男を何処かの付属中学に入れる心算らしかった。長野県の田舎で生まれ育った寺島には、中学受験など興味がなかったが、妻の言うことに従うしかなかった。

妻と子供たちは埼玉県にある自宅に帰ってしまった。

寺島は、また一人になった。一戸建ての屋敷を出て、小さなマンションに移り住んだ。贅沢は言っていられなかった。日本にいる家族に送金しなければならないのだ。

それでもジャカルタは、単身赴任者には天国だった。常夏の国では、背広もネクタイも革靴だって不要だった。身の回りは、メイドが全てやってくれたし、出かけるのには専属の運転手がいたので、不便はなかった。ブロックMで日本飯を食べカラオケに興じ、休みは仲間とゴルフに出かければ、暇を持て余すこともなかった。下半身の疼きも、女郎屋かマッサージルームに行けば金で解決することが出来た。

相変わらず、日本からの来客が多かった。彼らの目的はよりストレートである。女を買うことであった。日本人の男性にとって、欧米の女性への憧れと違って、東南アジアの女性は金で買う対象でしかなかったのである。

戦前、サンダカンにあった娼館や帝国陸軍・海軍の慰安所もかくありき、旅の恥はかき捨てが文化である。

そういう意味では、寺島も同じ穴の貉かもしれなかった。

寺島は、断食期間中のラマダンに日本へ一時帰国することもあったが、埼玉の実家に帰っても何故か落ち着かなかった。久しぶりに会う子供たちはよそよそしかったし、妻の久美子は愚痴ばかりを言うのであった。次第に理由を付けては、帰国するのを先延ばしするようになっていった。

最初のメイドが辞めて、次に雇ったメイドは若い女であった。よく働くし、なかなか女としても魅力的だった。いや、寺島が魅力的だと感じた瞬間から、男女の関係になるのは必然であった。

久しぶりに抱く若い女の素肌は新鮮だった。寺島は毎日が充実したものに感じられた。その反動として、日本の家族のことは頭の中から益々遠のいていくのであった。

気が付けばインドネシアに赴任してから、九年が過ぎていた。そんな時、寺島に帰任命令が届いた。表向きの理由は、全社のローテーションの一環だということであったが、腑に落ちない点もあった。噂では、昨年交代した支店長が寺島を嫌ったということであった。

去るに当たって、メイドとの関係を清算しなければならなかった。帰国者が、愛人との間でトラブルになったケースをいくつも知っていた。それは、別れるに当たって私情を挟むことと、金をけちることであった。

寺島は彼女に十分すぎるほどの現金を渡した。それが全てであった。彼女は「テレマカシ（ありがとう）」と一言だけ言って、実家へ帰って行った。

寺島にとっては、九年ぶりの日本での生活だったが、バブル崩壊後の日本は何処も元気がなかった。商社も冬の時代であった。

寺島は商品開発部の副部長という、見た目の良いポジションを与えられたが閑職であった。営業部時代の華やかさは欠片もなかった。たまに、新しい商売のネタを探しに外出するくらいであった。会社には居場所がなかった。

家に帰っても、子供たちと父親としての会話を交わすこともなかった。もっとも、長男は高校生だったし、長女は中学生で難しい時期であるのも事実であったが、それにしても四年間の空白は、親子としての絆に大きく影響しないはずはなかった。

妻の久美子とも話は噛み合わなかった。寺島にとって、我が家はただ帰って寝るだけの存在でしかなかった。

寺島は、同じ商品開発部のアラサーの独身女性と親しくなった。最初は歓迎会から始まり、次に彼女の社内の親しい女性たちとの外食、そして二人きりでの密会へと、次第にエスカレートしていった。

男女の一線を越えるのに、三カ月と掛からなかった。それからは、たびたび外泊してくるようになった。それに対して、妻の久美子は面と向かって詰問することもなかった。

そんなある日、めずらしく出張する機会があり、東京駅に帰り着いたのが午後の四時を回っていたので、そのまま帰宅することにした。曲がり角まで来ると、家の前に大型のセダンが停まって、妻の久美子が車から降りるところだった。運転席には、顔は見えないが明らかに男が座っていて、久美子に手を振っているのが見えた。寺島は、慌てて身を隠すと元来た道を戻り始めていた。見てはいけないものを見たような気がしていた。

そんな生活が一年も続いた。他人の口に戸は立てられないものであり、彼女との関係は、社内では公然の秘密であった。次第に、寺島は追い詰められていった。

土曜の夕食時であった。普通なら家族団欒の大事な時間のはずであったが、突然、長女が大きな声を上げた。

「お父さんもお母さんも不潔よ。私はもうこんな家にいたくないわ。出て行く」

席を立つと、二階にある自分の部屋に駆け込んでしまった。

「俺もそう思うよ。あんたらもうお終いにしたら。俺は、大学行く金さえ出してくれたらどうでも良いけどね」

長男は、不貞腐れたように言って席を立っていった。後には、寺島と妻の久美子が残されていた。二人には、破局が来てしまったことが分かっていた。

「どうやら、俺たちも終わりだな」

長い沈黙の後、耐え切れずに寺島の方が先に口を開いた。

「そうね、これ以上は無理よね。でも原因を作ったのはあなたですからね。その責任は果たしてもらいますからね」

「そうかな。俺だけの責任かな。お前にも、俺より大事な人間がいるみたいだしな」

「何を言っているのよ。他人のせいにしないでよ。あなたが悪いのよ。こうなったら、裁判で白黒つけましょうよ」

「おお、望むところだ。この阿婆擦れ女が！」

寺島の声は、久美子のヒステリックな罵声にかき消されてしまっていた。

虚しく、そして醜い争いであった。寺島は自宅を妻に譲ることと、子供たちの大学までの養育費を全額負担することで妥協した。それと同時にK商事を自己都合退職した。

四十六歳で全てを失くしてしまった。

幸いに、昔の取引先がタイの現地法人の責任者を探していて、寺島に話が舞い込んできた。

寺島は二つ返事で引き受けた。

会社はバンコクの街外れにあった。日本から輸入した生地を縫製し、近隣の東南アジア諸国に輸出するのが仕事であった。

当時、東南アジアはバブルの絶頂期であった。生産が間に合わないほどで、事業は順調に伸びていった。縫製場も拡張し、機械も従業員も増やす必要があった。その為の資金も日系の銀行から借り入れていた。

寺島の給与は業績連動であり、予想以上のボーナスを貰っても、使い道がなかった。

ゴルフに行けば、タイ人の金持ちを真似て、キャディを三人付けた。一人はゴルフバッグを担ぎ、二人目は大きな日傘を差しかけ、三人目は折り畳みの椅子を持って歩くのだ。皆、近隣から働きに来ている若い娘たちであった。

プレイを終えてクラブハウスに引き揚げる時、彼女たちにこっそりとチップを多めに払ってやると、嬉しそうに「コップンカー」と言って、大事そうにお金をポケットに仕舞うのだった。

夜は夜で、『タニヤ』と呼ばれる、日本人向けの歓楽街に繰り出し、カラオケバーで女性を三人も一遍に指名し、朝まで騒ぐのだ。

しかし、そんなバカ騒ぎもすぐに飽きてくるものである。『郷に入りては郷に従え』ではないが、タイ人の生活が羨ましく見えるから不思議であった。

寺島は、或る時を境に『タニヤ』に足を踏み入れるのをやめた。食事も日本飯をやめ、もっぱら現地のタイ料理を食べるように変えていった。タイに来て、『香菜』、パクチーを食べられるようになったら、本物だと言われる通り、タイ料理は嵌まると病みつきになる。特に、田舎に行くと、街道沿いの屋台で色々な食べ物に出合うことが出来る。蛇・蛙の爬虫類は珍しくもないが、飛蝗《ばった》、蜂の子、芋虫、タガメ、サソリに蜘蛛までから揚げにして売っているのだ。

寺島にとって、長野の山奥で過ごした子供の頃を思えば、驚くことでもなかった。こうして、目線を現地に合わせれば全てが納得できるのだ。タイ人がどんな時でもパゴダに向かって手を合わせるのも、黄色い衣をまとった坊さんが托鉢をして歩いている姿も、全て子供の頃に見た日常と変わりないではないか。

ちょっと郊外に出れば、何処までも広がる田園風景が心を癒やしてくれるし、人々がのんびりと牛を追っている姿は、忘れかけた故郷の景色そのものであった。

そういう意味でも、寺島には、インドネシアもタイも、カンボジアやミャンマーだって居心地の良い世界に違いなかった。

しかし、いずれ彼らも、資本主義の物欲という麻薬に侵されていくのかと思うと、心が痛まずにはいられなかった。

一九九七（平成九）年六月、それは突然やって来た。アジア通貨危機であった。アジア各国の通貨が軒並み暴落していった。対米ドルで半分以下、インドネシアルピアに至っては二十パーセントまで切り下がっていた。

寺島の会社も全く売れなくなっていた。それどころか、日系銀行からの貸し剥がしに責められていた。結局は工場の閉鎖に追い込まれてしまった。再び、失業であった。

寺島には帰るところはもう何処にもなかった。タイに留まり、細々と事業を始めることにした。この何年か、タイ人と親しくしてきたことが役に立った。

インドネシア時代に手がけた、養殖エビの輸出であった。漸くタイでも海老の養殖が始まっていた。水田を潰して池にし、そこでバナメイエビを育てるのであった。

日本では外食産業が拡大しており、天丼や海老フライの材料として注目されていた。大手の水産加工会社の隙間を狙って、日本へ輸出することが出来、そこそこのビジネスになった。しかし、安心は出来なかった。すぐに新規参入者が現れ、金の力でねじ伏せられるのだから。

鶏の肉に串を差した焼き鳥の材料、アジフライの材料、なんでも挑戦していった。

気が付けば、タイに来て十年が過ぎ、寺島も五十六歳になっていた。そろそろ潮時だった。タイバーツも強くなり、人件費も高騰して、コスト競争力は急速になくなっていた。

二〇〇五（平成十七）年の正月、寺島は全てを処分して日本に引き揚げてきた。この十年の間、何度か日本に帰って来たことはあったが、いつも仕事の打ち合わせで三、四日の慌ただしい旅であった。たった一度だけ、息子が大学生の時に、学校の近くの喫茶店で会ったことがあった。それっきりであった。娘には全く会ったことはなかった。養育費の送金も昨年でやめていた。

長野の両親も、とっくに亡くなっていた。寺島には何の柵もないはずであった。

寺島は、日本へ帰って来てからも、相変わらず小さな貿易商を営んでいた。江戸川が見える街の外れに、小さな一軒家を借り、事務所兼住居にしていた。

日本に帰って来て二年目のある日、玄関のブザーが鳴った。ドアを開けると、そこには若い女が、腕に一歳半くらいの子供を抱えて立っていた。足元には旅行鞄が置いてあった。

寺島は声もなく二人を見下ろした。

「しゃちょうさん、チュリーです。この子、あなたのみからでたさび、こどもです」

女は、寺島に子供を差し出した。寺島は、思わず一歩身を引いて「えー、身から出た錆！俺の子だって？」

「そうです。しゃちょうさんのこども。あなた、にほんにかえってからうまれました」

女は子供を抱いたまま、寺島を追いかけるように一歩前に踏み出して、玄関の中に入り込んでいた。

女の名前はチュリー、フルネームは知らなかったが、寺島がタイにいる間に付き合っていた、最後の女であった。帰国する前の二年間、一緒に暮らしていたのだ。多分、歳は三十くらい、目のぱっちりした可愛らしい娘であった。

寺島は、つい差し出された子供を抱きとめてしまっていた。愛くるしい男の子であった。心当たりはなかったが、帰国した時に妊娠二カ月か三カ月であれば、一歳半の子供がいても不思議ではなかった。そう思って見ると、何だか目元の辺りが自分に似ている気がしてきた。

女は子供と寺島の所に二週間滞在して、タイへ帰って行った。女の目的は金の無心であった。寺島は、貯金を下ろして少し纏まった金を米ドルに換えて持たせてやった。女は、帰る前に、エアメール封筒に、タイ文字で自分の名前と住所を書いて置いていった。子供の養育費を送れという意味であった。

寺島にはタイ文字が読めなかったが、女は自分の名前を、チュリー・プラパットだと言った。寺島は、その後も時々、百ドル札を三枚、女が置いていったエアメール封筒に入れて送ってやった。すると、何回に一回は返事が送られてきた。中には、誰かに代筆させた英文の短い手紙と、子供の写真が入っていた。

寺島には、その子が本当に自分の子供のように思えていた。

女が置いていった封筒を使い切るのに二年ほどかかった。最後の手紙を送ってから二週間ほど経って、レジスター・メールが返送されてきた。受け取り人不在となっていた。その後三カ月が経っても、女からは何の連絡もなかった。

寺島は、タイ人の知り合いに手紙を書き、彼女の消息を尋ねてみたが、分からなかった。

寺島の事業も行き詰まっていた。インターネットの普及で、個人輸入が出来る時代であった。

手元の金を掻き集めて、バンコク行きの格安チケットを手に入れた。久しぶりのバンコクは無血クーデターの後で騒がしかった。

　寺島は、封筒に書かれた住所を目当てに訪ねてみたが、女も子供もいなかった。昔の伝手を頼りに捜してみたが何処にもいなかった。

　最後に、女が働いていた現地のタイ料理屋を訪ねてみた。店の主人も女将も昔のままだった。二人は寺島と女のことを知っていた。

「社長さん、チュリーのことは諦めな。男と何処か別な街に行っちまったのさ」

　タイでは女の方が強いのが当たり前であった。

「それに、子供だって分かったものじゃないさ……」

　女将がその先を言いだす前に主人が慌てて口を挟んだ。

「まあ、ともかく、子供のことも諦めなさいな。社長さんの誠意は充分通じたでしょう。もう日本に帰った方が良いよ。もしも、チュリーを見かけたら社長さんのことを話してあげるよ」

　寺島も、本当は自分の子供ではないのかもしれないと思っていた。でも、騙されたのでも良い、子供のことを本当に可愛いと思っていたのだから。

　寺島が日本に戻って来てから間もなく、事業は完全に行き詰まってしまった。破綻であった。全ての資産を、と言っても何もめぼしい物は残っていなかったが、差し押さえられてしまった。

　借家を出ても行く先はなかった。流れ着いたのが江戸川の河川敷であった。

十二月二十六日の夜が来た。

冬の夜空には満天の星が似合いであったが、都会では恥ずかしげに、ぼんやりと瞬いていた。燃え上がる炎から目を移せば、江戸川に架かる鉄橋の上を、明るい光に包まれた電車が音を立てて通り過ぎていった。炎の中に五人の顔が揺らめいていた。

「さて、乾杯といこうか」

皆の手にはシャンペンの入った容器が握られていた。グラスもあれば、紙コップや、湯呑み茶わんとそれぞれだった。

「そうだな、やっぱりマイケルに乾杯しようか」

「よし、マイケルの前途に乾杯！」

「乾杯！」の声が響いていた。

今日はクリスマスという村の祭りであった。いつから始まったのだろうか、祭りの夜だけは皆で食べ物や酒を持ち寄って食べる決まりだった。いや、暗黙の了解になっていたのだ。代議士が極上のハムをテントから出してくると、球児は箱に詰まったフライド・チキンを、学者はクリスマス・ケーキをそれぞれ持ち寄っていた。勿論どれも賞味期限切れに決まっていた。

駐在は、マイケルに貰ったお金で、弁当を五つ買ってきてあった。最後に社長が一升瓶を小脇に抱えていた。勿論二十五度の焼酎だった。

酒が入ると皆陽気になっていった。本当は胸の内に、それぞれにクリスマスの思い出があるはずなのに。

擦り切れた過去の思い出に浸るより、誰もが今この瞬間を、燃え盛る炎に身を任せる心地良さを選ぶのだった。

「酒を飲んで旨いものを食うと、残りはやっぱり女だぜ」

球児が赤い顔をして言った。

「だれか、面白い話をしてくれよ。ここはやっぱり駐在、あんたの出番だな」

「そうだな、じゃあ取って置きの話をするか」

駐在が勿体ぶって、咳払いを一つした。

「俺がタイにいた時の話なんだ。……」

駐在が語り始めると皆黙って耳を傾けていた。

それは、駐在がタイで海老の買い付け先を探しに地方へ出張した時のことだった。

小さな町には大したホテルはなく、やっと現地人が泊まる宿屋に部屋を見つけた。近くの店で晩飯を食べ、宿に戻ってもやることはなかった。部屋には冷蔵庫などあるはずもなかったので、ミネラルウォーターとウイスキーを買って帰って来た。

薄暗い蛍光灯の下、ベッドに座ってウイスキーの水割りを飲んでいると、隣の部屋から女の話し声が聞こえていた。安普請ではよくあることであったが、いつまでも女の曇った声はやまなかった。

ふと隣部屋との間の壁に目をやると、小さな光が差し込んでいるような気がした。近づいて見ると、壁の中ほどに節穴ぐらいの小さな穴が開いていて、そこからチカチカと光がこぼれ出ていたのだ。

異次元に対する好奇心は人間の本能である。駐在も本能の命ずるままに、足音を忍ばせて壁際に近寄り、そっと小指が通るくらいの小さな穴に目を押し当てた。案に相違して、中は真っ暗だった。焦点が合わないかと思って、目を離すと、穴からは小さな光が漏れ出していた。駐在は瞬きを二度三度し、穴の位置を確かめ再度目を当てた。目には暗闇しか映らなかった。しかし、今度は目を凝らして見詰めていると、微かに動く物が見えたような気がしていた。

駐在はここまで喋っておいて、一息ついた。

「そう、穴の中に何か動く物が見えたんだよ。……真っ黒い毛のような物さ。しかも真ん中が潤んだようになっていてな……」

駐在が皆の顔を眺めまわしながら、講釈師のようにもったいぶって、また一つ咳払いまでしてみせた。

「焦らすなよ。その先は？」

誰かが面白がって野次を飛ばした。

「何が見えていたと思う？　……」

駐在はもったいをつけながら、その先を語り出した。

駐在は、はっとして穴から目を離したその時に、壁の向こうからも「アッ」という女の声が聞こえてきた。駐在は気が付いたのである。その黒い毛が何であるかを。それは、人間の好奇心であった。壁を挟んで人間の好奇心と好奇心が覗きっこをしていたのである。

「というわけさ。しかしなあ、俺も魂消《たまげ》たね。あれが、相手の目玉だと気が付いた時にはなあ。もっとも相手の方が驚いたみたいだったけどな」

引き延ばされていた緊張感が一遍に解放されたように、その場の空気が揺らいでいた。

「その後は、穴を向こうから塞いだんだろうな。光も漏れなくなったよ」

「それでお仕舞いかよ」

「そう。ちゃんと濡れ場もあっただろうよ」

「なあんだ、似非講釈師。金返せだ、この野郎」

代議士が言うと皆が笑った。

「じゃあ、次は代議士先生のご講釈といきましょうか」

駐在が代議士に向かって次を促した。

「ご指名によりまして、毎度馬鹿馬鹿しいお話を……。これはね、大学時代に友達から聞いた話なんだ」

代議士が東北出身のAから聞いたという話を始めた。人から聞いた話に本当の話があったためしはないが。

――Aは東北も北の果てにある小さな村の出身だった。大学の夏休みには実家に帰省するのが常であった。

川を挟んだ向こう岸は隣の町であったが、そこに密かに見初めた女がいた。Aは女とは小・中学校も高校も違ったが、高校時代に通学の汽車の中で時々見かけることがあったのだ。

当時、女は塀に囲まれた立派な家に住み、昔は地主で分限者であったという両親と暮らしていた。

『夜這い』の風習は多かれ少なかれ、日本中にある話であったが、特に、東北の辺境では当時でもよく聞く話、いや、現実にある話であった。

Aにとって、最後の夏休みであった。女に夜這いを掛けることに決めた。その為には、怪しまれないようにして、何度か下見をしてあった。門は夜でも開いたままであったし、夏の間は雨戸も開け放されているのは分かっていた。問題は、女が広い屋敷の何処に寝ているかであった。

それも大体の見当はついていた。若い娘は、二階のある家では二階であるし、平屋なら、入り口から一番遠い部屋に寝るのが普通であった。

深夜一時、いよいよ決行の時を迎えた。その夜は、日中の蒸し暑さも漸く夜になって涼しくなり、家の者は皆寝入っている頃であったし、幸い新月で闇夜だった。忍び込むには絶好のお膳立てであった。

Aは門を入ると、音を立てないように忍び足で裏に回って行った。女の部屋の見当はついていた。雨戸は開いていた。靴を脱いで、部屋に上がっても、暗闇に目が慣れるまでは迂闊には動けなかった。部屋の隅に暫く伏せていると、漸く目も慣れてきて、ぼんやりと部屋の中の輪郭が見えてきた。真ん中に、蚊帳が吊ってあり、中に女が薄物を纏って眠っているようだった。

辺りは静かだった。Aの心臓の鼓動だけがやけに大きく聞こえていた。這うように進むと頭からそのまま蚊帳に突進していた。すやすやと寝息が聞こえていた。手を伸ばせば、女のふくよかな黒髪に触れるはずであった。

一瞬Aの手が停まった。そこには期待したものはなかった。つるりとしていたのだ。

「あっ」

Aは思わず喉から声が出そうになった。いや、声どころか、胃袋が飛び出しそうに驚いていた。そこにはあるはずのない禿げ頭が枕の上に鎮座していたのだ。

Aは干からびたヤモリのように畳にへばり付くと、後ずさりをして蚊帳から抜け出し、脱いであった靴を鷲摑みにして逃げ出したのであった——

「というわけで、Aの夜這いは敢えなく失敗に終わったのであった。……どうだい面白かっただろうが」

「何だ、それで終わりかよ。濡れ場がないじゃないかよ」

「いや、実はこの先もあるんだけどよ。ちょっとなあ、彼の名誉のためにな……」

「良いじゃないかよ。お前さんの話じゃないんだから」

「分かったよ。続けるよ」


――Aはこんなことにへこたれる男ではなかった。次の機会を狙っていた。

その夜は小雨が降っていた。足元は暗く、雨の音が足音を消してくれるはずであった。前回の経験で、屋敷内の大まかな配置は頭に入っていた。娘は、親父の反対側の奥の部屋にいるはずであった。

Aは運動靴を脱ぐと、縁側から侵入していった。部屋の中には蚊帳が吊ってあり、ぼんやりと人の輪郭が目に映っていた。手を伸ばした先には女のふさふさした髪の毛があった。今度は成功したようだ。

足元に回ると、うす掛けをずらして、寝間着の前を広げ、内またに手をやった。すべすべした柔肌の奥には、茂みが潤みを持って待ち構えていた。Aは、女の脚を開いて体重を掛けないように気を付けながら、下半身を進めていくと、さしたる抵抗もなく交わることが出来たのだ。

首尾よく事を終えたAが、腰を引こうとしたその時だった。女の両脚がAの尻に絡み付き、両腕が背中にしがみ付いてきた。

「抜かねでも一つ食《か》せろ」

女の声に、Aは事の次第を理解した。

「えっ……」

娘の声ではなかったのだ。母親だった。

もがいても、万力のような力が締め付け、さらに深みにはまっていった。下からの突き上げに堪えきれずに行かされてしまった。

Aはとうとう、朝まで付き合わされ、家を出た時には腰がフラフラになっていた——


「それからだよ。Aには後家殺しのあだ名が付いたのは」

「ふーん。代議士先生、後家殺しはお主じゃないのか」

駐在がまだ物足りなさそうに言った。

「しかし、夜這いなんて本当にあるんですか」

「俺の田舎でも本当にあったという話だったな」

社長が学者の問いに応えるようにぼそりと言うと、皆の好奇心が社長の口元に吸い寄せられていった。

「その手の話は戦前もあったんだろうが、特に戦後だな。戦争で男たちが沢山死んだんだよ。それも、嫁さんを残してな。何しろ男の数が圧倒的に少ないわけだから、再婚できないで後家を通した女もいたさ。そんな後家さんの所に若い衆が夜這いに入ったたって話さ。これが事実さ。まあ、俺の村だけではなかっただろよ。日本中同じさ」

「ふうん、で社長もご相伴にあずかったのかい？」

球児がニヤニヤしながら社長に訊いた。

「ははは！　残念ながら俺は十五で村を離れたからな。ないさ」

「本当かよ。十五って言えば中学だろう。十分やる気はあったんじゃないの」

「ないない！　……じゃあついでに別な話をしよう」

社長は、笑いながら球児の突っ込みに応じた。

「俺が子供の頃、近所に評判の助平親父が住んでいたんだわ。それこそ後家さんだろうが人の嫫だろうがお構いなしさ。いつも鼻の頭を赤く光らせて、何もよっぽど大きいんだろうって噂さ……。

これがある時、卒中でばったりと来た、分かるだろう？　一思いに死んでくれれば良いのに、半身不随よ。嫫は泣くよな」

ここで一息入れた。

「ここからが本番だからな。よく聞けよ。……親父の右半身は完全に麻痺さ。口も満足に開かないから、何を言っているのか他人には分からんわ。それでも、嬶に一生懸命に言うんだってよ。寝たっきりで、左手で自分の下半身を指さして、ふがふが言うんだってよ。何をって？

……そう、俺の一物はどっちにあるのかって」

社長は、皆を見回しながら、「嬶はどうしたと思う？　……やおら親父の寝間着の前を広げて、左側に寄っていた一物を摑むと右側に捩じり倒して、おとう、息子は右にあるわ。もう使えないべ！」

「面白い！」

笑い声に混じって手を叩く音がしていた。

「それでも、その助平親父、それから四、五年くらい生きていたな。嬶が大変だったよな。

……俺はぽっくり逝きたいな」

社長が、誰にでもなく、ぽつりと言うと、その場がしゅんとなってしまった。

「社長さん、奥さんは、あんたに未だ来て欲しくないってさ。もう少し遊んでいてくれって」

球児が大きな声で言うと、焼酎の瓶を翳して社長のコップを促した。

「社長、酒でも飲んで元気出していこうや」

「ああ、有難う。元気出して唄でも歌うべか」

社長の喉から低いが、哀愁のある声が零れてきた。

――田舎なれどもサーハーエ　南部の国はサー
西も東もサーハーエ　金の山コラサンサエ――

燃え上がる炎が皆の顔を赤く染めていた。

第五章　甲子園球児

四月になると、河川敷の堤に植えられたソメイヨシノが一斉に花開いた。風が吹くと、散る花びらが桜吹雪となって、土手の斜面を雪景色に変えていた。

土手には、若草が萌えツクシが芽を出し、西洋タンポポが彩りを添えていた。河川敷にも一遍に春がやって来たのだ。

社長が独りで釣り糸を垂れていた。

遥か上流の方で、雪解けが始まっているのだろうか、水嵩はかなり高くなっていた。暇人が三々五々、社長の後ろに集まって、浮きの行方を見守っていた。

竿を振っていた社長が皆に気付くと、思い出したように「おー、そうだ。ちょっと手伝ってくれ。丸太を引き揚げるんだ」

護岸工事の施されていない川岸に、太い丸太が流れ着いていたし、その周りにも枝の付いたままの雑木や、材木の欠片などが散らばっていた。たき火の燃料にするのだ。

全員で、材木を川から引き揚げ、これ以上水嵩が増しても流されることのない高みまで運んだ。

「社長、台風でも来ると俺たちのテント村も危ないかい？」

「ああ、先ず大丈夫だな。俺はこれまで一回経験しただけだな。逃げ出したのは」

「逃げるって、何処へ？」

「なんぼ水が増えてもこの土手は越さないべ。だから、その先にある、ふれあい公園に逃げ込めば良いさ。あの時も、ビニールシート担いで公園で一泊したな。もっとも、商売用の在庫は水に浸かってパアだったけどな」

皆は安心したように頷いていた。

「おーい社長、釣れたかい？」

後ろから大きな声がして、ガサガサと葦を踏み分ける音が近づいてきた。球児だった。社長の傍にあったバケツを覗き込むと、数匹の魚が泳いでいた。

「社長、今日のは小さいっすね」

「ああ、不漁だな。水嵩が多いと駄目だべよ」

「この小さいの、貰っていいかな？」

「うん、いいけど何にするんだ？」

「猫に鰹節さ」

球児は着ていたジャンパーのファスナーを下ろし、右手を差し入れると懐から何かをそーっと取り出した。手のひらに隠れるほどの小さな猫だった。驚いたのか、それともお腹が空いているのか「にゃーにゃー」と鳴いていた。

球児が左手でバケツから小魚を摑みだし、子猫の鼻先に持っていっても食べようとはしなかった。ただ鳴き続けるだけであった。

「そりゃー無理だよ。この子は生後数週間ってところだろう。牛乳か何かやわらかいものでないと食べないぜ」

「何処から拾ってきたんだ？」

「土手の草むらで鳴いていたんだ。目が合っちまってよー……しゃーあんめーよ」

球児は本当に困った顔をして、手の中の子猫をあやしていた。

「俺の所に牛乳の残りが少しあるよ。それとこの小魚ミンチにすれば多分食べるよ」

「そうか、すまねーな。恩に着るよ」

大きな身体の球児と、小さな猫とは何ともアンマッチであった。

その日から、球児が食事をするときには必ず子猫と一緒だった。子猫は雄と分かったので「太郎」と名付けられた。

太郎は球児が仕事で外出している時も、球児のブルーテントの傍から離れなかった。その表情はまるで、親の帰りを待つ人間の子供のようであった。少なくとも、村の住人にはそんなふうに見えていた。

「猫がいると鼠が来ないからいいかもな」

誰かが誰にともなく話し掛けていた。

テント村から少し川上の河川敷に、野球グラウンドがあった。地元のM高校の野球部が借りているらしかった。四月になると、新入生が入部したのか、真っ白い練習着が目立つようになった。少し甲高い掛け声の中に、硬球独特の金属音が風に乗って聞こえてきた。

五月に入ると、土日の午後は、紅白戦か、対外試合が組まれていた。

球児は、土手の上から自転車に跨ったまま、三十分もその場を動かないでいた。手書きのスコア・ボードを見ると、最終回、M高校の一点ビハインドでの攻撃だった。背番号9を付けた小柄な選手がバッターボックスに立っていた。一打逆転のチャンスだったが、最後は空振りの三振で終わった。

球児は「ふん」と鼻を鳴らすと、ペダルをこいでその場を離れた。

毎週木曜日は人気週刊誌の発売日であった。球児にとっては大事な稼ぎ時であった。朝から、電車の網棚や、ホームの仕分けされた新聞・雑誌のゴミ箱から汚れてなさそうな週刊誌を回収するのであった。それを、その日に売れば店頭に並んでいる値段の半値で売れた。それが次の日以降は、一冊百円でしか売れなくなるのである。まさに生ものであった。

球児のショバは駅の入り口の片隅であった。人通りに邪魔されない壁際に、自転車を台にして週刊誌を並べていた。夕暮れ時、通勤・通学客が家路を急ぐ時間帯で、人で混み合っていた。

その日は幸いに、売れ行きがよく、あと少しで完売であった。

人混みの中から、見るからに胡散臭い奴らが近づいてきた。三人組で、この町の地回りなのか、いずれも堅気でない臭いを放っていた。

(不味い奴らが来やがったな) 球児は身構えていた。

若い男が、球児の店の前で止まると、顎を突き出してきた。

「あんたよ、誰に断って売《バイ》しているんだよ。こういう所で商売するには許可が要るんだわ。分かるよな」

男は凄んでいる心算なのか、球児を睨み付けるのだが、何せ背丈が足りなかった。かえって、球児から見下される格好になってしまった。

球児は警察沙汰だけは御免だった。

「兄さん、そう言われてもねえ。一冊売って百円だからねえ、勘弁してくれない」

球児は飽くまで穏やかに解決する心算であった。

「そうはいかないんだわ。けじめってものがあってよー」

男の目は、いや顔全体が爬虫類のようだった。

その時、後ろにいた兄貴分らしき年嵩の男が、若い男の肩口を押さえて、前に出てきた。サングラスを外して、球児の顔をしげしげと見詰めていたが、「あれ、高野の恭治さんじゃないの」

そう言えば、球児もどこかで見たことのある顔であった。

「やっぱりだ。恭治さん、おれだよ、昔千葉の寄せ場で一緒だったKだよ」

「ああ、Ｋか。俺もどこかで見た顔だなと思っていたんだ」

「いやあ、何十年ぶりかなあ。それにしても、恭治さんらしくない、しょぼい売《バイ》やってんだなあ」

「まあいろいろ理由があってさ。あんたは羽振りがよさそうだな、立派になってさ」

球児はＫのことを少し持ち上げてやった。

「お前ら、この方はなあ、俺の知り合いだ。本気になるとお前らの相手になる人じゃないぞ。今後手を出すなよ」

Ｋは若い者に向かって兄貴風を吹かして言った。

「恭治さんよ、何かあったら俺を訪ねて来てよな。力になるぜ」

「ああ、有難うよ」

球児はＫに軽く頭を下げて言った。実際、内心ではほっとしていたのだ。

彼らのお蔭で客は寄り付かなくなっていた。手元に未だ数冊売れ残りがあったが、店じまいをした。一刻も早くその場を離れたかった。あの手の人間と同類だと思われるのが、嫌でたまらなかったのだ。

球児は暗くなった堤防の上の道を自転車に乗っていた。今日は、最後に綾《あや》を付けられたが、商売は上々であった。懐も少しは暖かかった。鼻歌を歌いながら自転車をこいでいると、左手に野球のグラウンドが見えてきた。実際には、暗くてよく見えなかったが、バックネットだけは大きな影となって目に映っていた。

誰かがいるような気がして、ふとペダルを止めた。昨日の今頃も誰かの気配を感じたのだ。目を凝らして見ると、人影があった。耳を澄ますと、ブンという風を切る音が連続して聞こえてきた。

球児は自転車を押しながら、ゆっくりと土手の傾斜をグラウンドに向かって降りて行った。自転車を立て掛けると更に近づいていった。

M校の野球部であろうか、練習着を着た少年が独りで素振りをしていた。そのうちに、球児に気が付いたのか、少年は「チワッス」と小さく頭を下げ、また、黙々と素振りを続けていた。

「おまえ、M高の野球部か」

「はい」

今度は動きを止めてバットを降ろし、はっきりと応えた。

「そうか。ところで何をやっているんだ?」

少年は質問の意味がよく分からないようで、バットを持ったまま球児に近寄ってきた。顔は暗くてよく見えなかったが、姿、容から、先日の紅白試合に出ていた最終バッターであった。

「はあ、素振りですが」

「いや、俺の訊いているのは、目的だよ。お前はホームランバッターか、中距離ヒッターか、それとも出塁するのが目的かということさ」

少年からは、暗くて球児の顔がよく見えなかったが、その大きなシルエットに威圧感を感じていた。

「お前は三年生か。レギュラーだよな」

「はい。三年ですが、レギュラーはギリギリのところです」

「そうか。この前の試合は惜しいところで三振だったな。おまえ、足は速いのか？」

「はい。百メーター十二秒台です」

そこだけは自信があるらしく、元気よく答えた。

「ほー、じゃあまず狙うべきは塁に出ることとさ。ホームランバッターみたいな大振りのスイングは百害あって一利なしだぜ。目の高さを変えないように、もっとコンパクトなスイングをしなくちゃーな。俺の言っていること分かるよな」

少年は頷くと、バットを少し短く持ち直して素振りを始めた。

暗闇の中、空を切る音が連続して聞こえていた。暫くして、球児が「やめだ」と言った。

少年の顔は不満そうであった。

「おまえ、数学は得意か？」

「はあー。苦手です」

数学と野球と何の関係があるのかと言いたげな顔だった。

「前回の相手のピッチャー、速いよな。百四十は出ていたろう。おまえ、ピッチャーがマウンド上でボールをリリースしたとして、ベースまで何秒かかるか知っているか?」

「はあ!」

少年は頭を掻いていた。

「まあ、後で家に帰って計算してみろ。百四十キロだったなら、二秒だよ。実際のリリース・ポイントはもっと前だろうから、二秒かからないってことさ。それでお前は、ボールがどのあたりに来たら打つ動作に入るのかよ。えーっ……、球筋も変化球かも見極めなければならないんだぜ。十八メートルの半分とするか、九メートル手前で判断するわけよ。そうすると、残りは一秒ないということさ。分かるか?」

「はい、分かります」

「本当か? お前に残された時間はコンマ何秒の世界だぜ」

「はい」

「よーし。だったら、もっともっとコンパクトなスイングをすることだ。やってみろ」

少年はバットをさらに短く持って振り始めた。風を切る音が一段とシャープになった。

暫くして、球児はまた駄目をだした。

「もっと脇を閉めて、力を抜け。それとダウンスイングだ」

「はい」と言う少年の声に続いてシュ、シュと風を切る音が聞こえていた。今度は球児も黙って見詰めていた。

「まあ良いだろう。じゃあ、何でダウンスイングが大事か分かるか？」

答えられないでいる少年に、話を続けた。

「ピッチャーがマウンド上で、自分の頭の高さでボールをリリースしたとするとだな、大体二メートルだよ。ベース上の低めいっぱいの位置は五十センチだから、その落差は百五十センチあるわけだ。本格派のピッチャーだったらもっとだな。そうするとだな、さっきの九メートル地点からだと、その半分の七十五センチになるよな。これをコンマ何秒かでボールの到達する点を予測するんだぞ。当たるわけがないよ。大体が空振りするかボールの上っ面を叩くんだ。俺に言わせればトス・バッティングなんかやるだけ無駄さ。だからダウンスイングが大切なんだ。分かったか」

「はい、よく分かりました」

今度は納得したようであった。少しは心を開いて信頼してくれたようだった。

「ようし、俺は帰るぜ」

「有難うございました。あっ、自分はM高の林です」

自転車を取りに歩き出した球児の背中に、少年は大きな声で名前を告げた。

土手に登ると辺りは真っ暗だった。遠くにテント村の灯が小さく見えていた。球児はペダルを踏む足先に力を入れた。何だか気持ちが良かった。

「ウオッス」

「よう、球児。商売繁盛かね」

「上々っす」

「へー、何かいいことあった様子だな。昔の女にでも出会ったのかよ」

「そうだ。昔の恋人にな」

「何、恋人だと？」

球児の口からめったに聞けない冗談が飛び出していた。

足元には、子猫の太郎が纏わりついていた。

「おおよしよし。腹減ったか。今、晩飯やるからな」


何週間かが過ぎた日曜の午後、グラウンドでは対外試合が行われていた。球児は時間があまりなかったが、土手の下まで降りて行って見ていた。試合は中盤、M高校は負けていた。攻守が替わって、やっとM高の攻撃になった。

先頭打者がフォアボールで塁に出た後、背番号9を付けた林少年の番が来た。小さく素振りをしてバッターボックスに入った。相手のピッチャーは本格派の速球投手だった。低めのボールに喰らい付いていくが、掠るのが精一杯だった。忽ち、追い込まれてしまっていた。少年のことを甘く見ていたのか、次の直球が少し高めに浮いてきた。その瞬間、キーンという金属音を残して、ボールは一、二塁間を抜けて、ライトまで転がっていた。

一塁ベース上に林少年が立っていて、ヘルメットの下からは、恥ずかしそうな笑みが零れていた。

「ふん」

球児は鼻を鳴らすと、自転車に跨っていた。

その週の水曜日、陽が落ちて暗い中を、球児は帰りを急いでペダルを踏んでいた。グラウンドに差し掛かるといつもの癖で、誰かの影を探していた。やっぱり少年がいた。シュッ、シュッという音を響かせ独り黙々とバットを振っていた。

「おーい」

球児は土手の上から大きな声を出すと、グラウンドに向かって降りて行った。

「あっ、チワッス」

少年は、動きを止めると帽子を脱いで頭を下げた。

「この前の試合、結局どうだった。打てたかよ？」

「はい。自分は四の一でした」

「一！　あれは俺も見ていたが良い当たりだったな。で、他は？」

「三振が二つと内野ゴロでした」

少年は褒められたのが嬉しいはずなのに、下を向いていた。

「最後は変化球か？」

「はい、三つともそうです」

少年は下を向いたまま、上目遣いで球児の顔色を窺っているようだった。多分、監督の前ではいつもこうなのであろう。

「まあ座れ」

球児は自分もベンチに座って隣を指さした。

「失礼します」

少年は球児の顔を見ないように少し離れて座った。

「次は変化球だな。……お前はどうやって見分ける？」

少年は黙ったままであった。

「今時の高校生は凄いよな。この前の相手のピッチャー、カーブもスライダーも切れたなあ。あれにやられたのか」

「はい」

少年の声に元気がなかった。

「俺は長いことキャッチャーをやっていたんだ。プロでも一流のピッチャーの変化球はサインなしでは受けられないよ。そのくらい、直球と区別が付かないものさ。もっとも、それを打ち返すんだから打者も一流ってこった。……まあ、それは別にして、お前だって三流のピッチャーが投げた変化球は打てるだろうよ」

「はい、打てます」

「じゃあ、何で打てたのよ?」

「はあ、投球動作で分かりましたから」

「そうだろうよ。実はな、プロだって同じよ。二流や一・五流は微妙に分かるのよ。そこが一流との違いさ」

一息置いて続けた。

「あのピッチャーにも癖があったよ。口で説明しても分からんだろうけどな。一流でない限り、必ずあるんだよ。それをどう見つけるかはお前の努力次第だな。見つかったなら、後はどの球種に的を絞るかだけだな」

それだけ言うと、球児はすっくと立ち上がっていた。

「あっ、おじさん有難うございました」

少年は、球児の背中に深々とお辞儀をしていた。頭を上げた頃には、球児の姿は闇に溶け込んでしまっていた。

梅雨が明けるともうすぐ甲子園の地区予選が始まるのだ。

七月の太陽がぎらぎらと照りつけていた。日中はブルーテントの中にはいられなかった。球児はそれでも寝転んで、天井を見詰めていた。そこには真っ青な空が広がっていた。顔の汗をタオルで拭いながら遠い昔のことを思い出していた。

球児は茨城県の生まれである。本名は高野恭治、四人兄弟の下から二番目で、実家は小さな納豆屋であった。

球児、いや本名を使おう、恭治は幼い頃から運動神経が良く、頭も良い子であった。しかし欠点があった。それはある線を越えると、自分を制御できなくなってしまうことであった。つまり、恭治が狂児になってしまうことであった。

小学校に上がっても、弱い者いじめをするわけではなかったが、暴れ出すのを恐れて、周りの子供たちには敬遠されていた。

昭和四十三年四月、恭治は県立のM工業高校に入学した。県内では、過去に何度か甲子園出場の経験がある、強豪校であった。

入学と同時に野球部に入部した。ポジションは中学時代からやってきたキャッチャーを志望した。

元々身体は大きかったが、二年生になる頃には、百八十センチ、七十五キロの堂々たる体格になっていた。二年生の春からレギュラーの座を獲得して、強肩・強打の大型捕手として将来が期待されていた。

その年の夏は県大会の決勝で敗れ、甲子園出場を果たせなかった。しかし、秋の関東大会で優勝し、翌春の甲子園出場が決まっていた。秋から冬にかけ、M高野球部は猛練習に明け暮れていた。勿論、恭治の大きな体がいつもその中心にいた。

そんな時、事件が起きた。

M工業高校は男子校であった。田舎の実業系の男子高にはよくあることであったが、M高にも相当な悪たちがいた。下級生を脅したり、暴行を加えるなどして虚勢を張っていた。彼らの標的は必然的に目立つ下級生であり、それが自分たちの威を示すことであった。

恭治は隣町から電車で通学していた。その行き帰りに、何人かの悪たちに囲まれていたぶられそうなことがあったが、何とか逃げおおせていた。

彼らは執拗だった。目立つ恭治を踏みしだくことで、威勢を示したかったのだ。

昼休みに、悪からの呼び出しがあった。恭治は逃げるのが嫌だった。周りが止めるのも聞かずに出かけることにした。両腕にタオルを固く巻き付け、その上から学生服を着た。両手にはバッティング練習用の皮のグローブを嵌めていた。

指定場所の体育館の裏手には、三年生と二年生の悪たちが五人たむろしていた。恭治は独りで、その群れに近づいていった。

幼い頃から、喧嘩には強かった。腕力には自信があったので、一人ひとりを怖いとは思わなかった。怖いのは自分自身であった。制御できなくなることを恐れていたのだ。

恭治は、三年生の番長を自称している男の前、二メートルの所で止まった。

「何の用ですか」

恭治は身構えながら低い声で訊いた。

「おう、お前な、生意気なんだよ」

言いざま、番長はズボンのポケットから手をだし、恭治に向かってきた。その手には自転車のチェーンが握られていた。恭治は予め予想していたので、少し身を逸らし左腕で受け止めた。チェーンがバシッと音を立てて腕に絡み付くと同時に、右手を伸ばしチェーンを握ると力づくで手前に引き寄せた。番長は蹈鞴《たたら》を踏むように上半身を恭治の前に曝すことになってしまった。恭治は左手で番長の肩の辺りを摑むと、右のグローブで覆われた握り拳を思いっきり鼻の辺りにぶち込んでいた。グシャという嫌な音がし、手を放すと番長は膝から地面に崩れ落ちていた。

右側にいた別の三年生が、慌てて竹刀を頭から振り下ろしてきた。恭治はこれも左の腕で受け止めると、そのまま両手で竹刀の先を握り、手前に引き寄せた。男は引き寄せられるのを嫌ってか、自分から竹刀を放してしまっていた。竹刀を奪い取った恭治は、逃げる男の後ろから頭めがけて振り下ろしていた。バシとはじけるような音がして、男が頭を抱えてしゃがみ込んでいた。恭治は攻撃の手を緩めなかった。バシ、バシと容赦なく男の頭を肩を打っていた。

恭治は三人目の男に目を向けていた。男は慌ててポケットを探っていた。多分、ヤッパか鎖でも隠し持っているのだろうが、容易に出てこなかった。恭治の竹刀が唸りを上げて男の頭を捉えていた。男を倒すと、残りの二年生に向かっていった。二人ともとっくに戦意を喪失してしまっていた。逃げ回る二人を追いかけて竹刀を振るっていた。恭治の目は常人のそれではなくなっていた。

誰かが知らせたのであろうか、教師が数人体育館の方から駆けてきた。

「高野、恭治やめろ！」

「やめるんだ」

恭治の手から竹刀を取り上げたのは野球部の監督だった。恭治は、茫然と立ち尽くしていた。足元には五人の悪たちが血を流して呻いていた。中には気絶しているのか動かない者もいた。

「恭治、落ち着けよ。もう終わったんだからな」

監督は恭治の背中を抱くようにして言った。恭治は黙ったままであったが、少し体を震わせていた。自分のやってしまったことを恐れ慄いているかのように。

学校側は、野球部員による不祥事として外部に漏れることを恐れた。春の甲子園に出場できなくなることを何よりも恐れた。結局、校内における生徒同士の喧嘩で事を済ますことにした。恭治は五人の悪と共に喧嘩の当事者として二週間の停学処分を受けた。

春の甲子園は初戦突破したが、二回戦で負けた。

M高に悪はいなくなった。実際は新しい三年生にも悪はいたが、所詮、恭治に喧嘩を売る度胸のある奴はいなかった。

七月に入ると関東地方でも梅雨が明け、連日暑い日が続いていた。炎天下の日中は、農作業にさえ出る者はいなかった。

恭治たち野球部員は猛練習に耐えていた。土曜・日曜の実戦形式の練習では、休みなしで水も飲まず、延々四時間に及ぶこともあった。見上げれば太陽が二重三重に見えていた。

甲子園の地区予選が始まった。M高は第一シードであった。危なげなく決勝まで進むことが出来た。

決勝の相手は、県南にある新進の私立高校であった。生徒数二千人を超えるマンモス校で、当日は大応援団を繰り出してきた。スタンドは女生徒が多いせいか華やいでいた。

相手のピッチャーは県外からの越境者と見えて、中学ではお目に掛かったことのない本格派の速球投手であった。

試合は投手戦となり、ゼロ対ゼロのまま最終回に入っていた。ここまで恭治は二塁打一本を放っていたが、後続が断たれ得点には結び付かなかったのだ。

M高の裏の攻撃であった。打順よく、一番がフォアボールで塁に出た。その後、二番・三番は簡単に打ち取られ、ツーアウトになってしまった。四番、恭治の出番であった。相手のピッチャーは、直球にスピードがあったし、変化球の切れも良かった。前の打席では、変化球を打たされてサードゴロに終わっていた。

恭治は直球に的を絞っていた。変化球はいずれも見逃し、カウントは2&2になっていた。恭治は県下では大会随一のスラッガーという評判であった。実際、ここまでの五試合で二本のホームランを打っていた。相手のピッチャーもそのことは頭の中にあった。監督からしつこいほど言われていた。しかし、自分にもエースとしてのプライドがあった。

五球目は渾身の力を込めてストレートを投げ込んだ。恭治の身体が反応し、その先にあるバットがボールを確実に捉えた。

〝カキーン〟金属バット独特の乾いた音を残して、ボールはレフトのフェンスを越えた。ホームランだった。M高の夏の甲子園出場が決まった瞬間であった。


夏の甲子園は茹だるような暑さだった。

M高の初戦の相手は九州の古豪チームであった。珍しく、最初から投打が噛みあって、三対ゼロの快勝であった。中二日空いて二回戦が行われた。今度の相手は、昨年の春から連続出場している岩手県の強豪チームであった。特に相手のピッチャーは大会屈指の剛腕投手として他校に恐れられていた。百四十キロ台の速球と大きく曲がる変化球が武器であった。各球団のスカウトが、ドラフトの目玉として狙っている選手であった。

試合は終盤まで投手戦であった。M高の三年生ピッチャーもよく抑えてくれていた。七回裏、M高の攻撃であった。打順は二番からであったが、簡単に内野ゴロに打ち取られ、続く三番バッターも最後は鋭いカーブに三振で終わっていた。

恭治はゆっくりとバッターボックスに立つと、二度ばかり肩を揺すってから、身構えた。一球目は胸元をえぐるように速球が来た。ストライクだった。二球目は、外に逃げる変化球でボール。三球目は鋭く落ちるカーブがストライクとなって、たちまち追い込まれてしまった。恭治はキャッチャーとしての勘で、次はストレートが来るだろうと読んでいた。アウトコース低めを狙った直球は、力が入ったのか、少し浮いてきた。鋭く振り抜かれたバットの先にボールがあった。〝カーン〟金属音を響かせてボールは青空に吸い込まれていった。ライトスタンドに飛び込むホームランであった。

全力でダイヤモンドを走り抜ける恭治を見詰める相手ピッチャーの顔が悔しそうに歪んでいた。彼にとっては甲子園で初めて打たれたホームランであった。

しかし、その後八回・九回と立て続けに打たれ、三対一と逆転されてしまっていた。九回裏、M高最後の攻撃だった。さすがに、相手のピッチャーも暑さにバテてきたのか、ボールが先行し始めていた。ツーアウト、一・三塁で恭治がバッターボックスに立っていた。

恭治はひたすらストレートを待っていたが、変化球ばかりでフルカウントになった。相手のピッチャーには大会随一のプライドがあるはずだった。最後の決め球は速球で来ると信じて疑わなかった。

ピッチャーはランナーには目もくれず、大きく腕を振って投げ込んできた。

「しめた」恭治が心で叫ぶのとバットを振り出すのが同時であった。

〝ブーン〟バットは虚しく空を切った。ボールはベース直前で鋭く落ち込んでいたのである。

「ストライク。バッターアウト」主審の声が高く響いた。

恭治は唇を噛んで、相手のピッチャーを睨み付けていた。試合終了のサイレンが鳴っていた。恭治の高校最後の夏が終わった。

その後、恭治にはすることがなかった。今さら勉強して大学に行く気はなかった。就職するとすれば、都市対抗野球の会社に入ることぐらいであった。恭治には密かに期待することがあった。それは、プロ野球のドラフトに選ばれることであった。これまでも、何人かの球団関係者だと言う人間に声を掛けられていた。彼らがどのくらい本気なのかは分からなかった。

夏が過ぎ、秋が来ると何だか毎日が落ち着かなかった。十月十五日、高校生のドラフト会議が開催されていた。

今年のドラフトの目玉は、何と言っても準優勝の岩手県のピッチャーであった。恭治にとっては指名順などはどうでもよく、高校生枠百二十人の中に入れるかどうかであった。恭治は九巡目に在京のＹ球団に指名された。勿論断る理由などあるはずがなかった。契約金は五百万円であった。当時の学卒の初任給が四万円くらいであったから、十年分の年収に当たる金額であった。

恭治は五百万円をそっくり母親に渡してしまった。

四月、恭治は多摩川の河川敷にあるＹ球団の二軍合宿所で暮らしていた。毎日、朝から晩までグラウンドでボールと格闘していた。周りを見回せば、体の大きさも、身体能力も自分より上の人間ばかりに思えた。守備でも、バッティングでもこれまでとは全く別物に思えていた。しかし、好きで入った世界であり、やるしかなかった。毎日毎日、合宿所とグラウンドの往復以外はなかった。

三年目に、やっと一軍に登録され、二度ほど公式試合のベンチに座ることが出来た。そのうち、一度だけバッターボックスに立つことができたが、結果は三塁ゴロであった。それだけであった。四年目にはまた二軍落ちであった。来年の春になれば、恭治と同じ年齢の学卒ルーキーが入団してくるのである。

勝負の世界は残酷であった。正月が明けると、球団事務所から呼び出しがあり、『自由契約』、つまり『クビ』を言い渡された。恭治には他の球団で拾ってくれそうなところは思い付かなかった。さりとて、行く当てもする当てもなかった。

二軍監督の温情で、ブルペン捕手兼雑役係として契約社員で働くことになった。しかしそれも一年でお終いであった。二十三歳で永遠にプロ野球のユニフォームを脱ぐ日が来たのだ。

監督の紹介で、球団OBの経営するゴルフ練習場で働くことになった。近くに四畳半一間のアパートを借り暮らすことになった。仕事は早朝か夜遅くのボール拾いとその洗浄であった。昼間は、打席係と場内の掃除であった。

恭治は毎日まじめに働いた。球団OBの社長も気に入ってくれていた。

当時、ゴルフ界では、元プロ野球選手のOが彗星のように現れ、話題を呼んでいた。

プロ野球選手は総じてゴルフが好きである。恭治も何度か、先輩に連れられてゴルフの打ちっぱなしには来たことがあったが、本気でやる心算はなかった。自分の野球スイングが崩れるのが嫌だったのだ。

早朝、誰もいない時、打席に立ってボールを打ってみた。ゴルフのスイングは先輩に手ほどきを受けたくらいであったが、野球に比べれば止まっているボールを打つのである。当たらないはずがなかった。

パーシモンに糸巻きボールでも、芯に当たると二百ヤード先に張ってあるネットを越えてしまうことさえあった。一時間も打つと汗が出て爽快な気分になった。恭治は面白くなって、人のいない時間を見つけては打ちっ放しに興じていた。

ある日の早朝、一人でドライバーを打っているところをレッスンプロに見られてしまった。一息ついてふと見ると、ゴルフ場専属のレッスンプロが後ろに立っていた。

「恭治、お前ゴルフの経験は。誰かに習ったのか？」

「いえ、我流です」

見られていたことを知って少し慌てて答えた。

「ふーん。さすがプロ野球選手だな。最近売り出し中のOより飛ぶな」

心底感心したように言った。

「お前に少し手ほどきしてやるよ」

「え、本当ですか。でも自分にはお金ないすけど」
「お前からお金取るはずないだろうよ。ただだよ」
プロは、スタンスの取り方、グリップの握り方、体重移動の仕方を教えてくれた。最初は何だか違和感があってしっくりこなかったが、慣れてくるとボールも真っすぐに飛ぶようになっていった。

一年が過ぎる頃には、プロもそのスイングや球筋を見て「ウーン」と呻り声を上げていた。恭治はゴルフを本格的にやってみたいと思うようになっていた。社長が知り合いのゴルフ場を紹介してくれた。北関東にあるゴルフ場であった。恭治の仕事は、併設されている練習場の管理と雑用係であったが、早朝と夕方は自由にコースを回ることが許されていた。

恭治は元々器用であったし、物事を理論的に考える性質であったから、パットもアプローチも見る間に上達していった。ゴルフ場にいる研修生たちと一緒にラウンドを回ることもあったが、壺に嵌まった時の恭治には誰も敵わなかった。

恭治も二十五になっていた。

ゴルフ場の事務所で働く女性と親しくなっていた。いつしか、彼女のアパートに泊まるような仲になっていた。しかし、自分一人で暮らすのが精一杯の恭治が、世間並みに結婚出来るわけもなかった。結局、恭治が彼女のアパートに転がり込んだ形となっていた。

恭治は何度かプロテストに挑戦していた。いつも一次・二次テストまではトップの成績であったが、最終テストで失敗していた。

ドライバーの飛距離では誰にも負けなかったし、ロングホールのセカンドをアイアンでツー・オンさせることが出来るのだ。しかし、飛ぶということは大きなリスクでもあった。上半身の縦回転と下半身の横回転がうまく連動しないと、恐ろしいことが起こるのだった。左に大きく曲がるド・フックである。一発これが出ると、どうにも自分で制御できなくなって、OBを連発し、自滅してしまうのだった。

恭治が彼女と同棲を始めて三年が過ぎていた。

プロテスト受験にはお金が必要であった。そのお金も彼女が工面してくれていた。恭治はこれが最後のチャンスだと心に決めていた。一次・二次はいつもより慎重にクリアをした。最終テストは静岡県の御殿場で行われることになっていた。

恭治は、前日に練習ラウンドを回るため、前の日朝早くアパートを出た。彼女が車で駅まで送ってくれた。

当日は快晴で風もなく絶好のコンディションであった。

恭治は、予選の成績により、後ろから三組目を回っていた。上がり三ホールを残したところで、上位十番以内の好位置にいた。

十六番ホールはロングホールであった。恭治には十分ツー・オンが狙える距離であったし、ここで、一打でもスコアを伸ばしておけば完璧であった。

ティーイング・グラウンドに立つと、左サイドがやけに浅く見えていた。大きく肩で息を吸ってアドレスに入って行った。心の中で「落ち着け、落ち着け」と唱えていた。いつものように、左足主導でスイングに入った瞬間、左サイドの恐怖が頭を過った。それが、右腰の回転を僅かに遅らせたのだろうか。ボールは無情にも左のOBラインを遥かに越えて消えて行った。打ち直したボールも、その次も、結局三回打ち直してやっとフェアウエーに止まった。そのホールはダブルパーであった。次の十七番ホールでも、最終ホールでも同じミスを連発してしまった。

帰りの電車の中で、恭治は考えていた。

(自分にとって、止まっているボールを打ち熟すのは簡単なはずであった。しかし、ここ一番でメンタルをコントロールできない自分は、やはりゴルフには向いていないのだ)と覚悟するしかなかった。

アパートに着いた時には暗くなっていた。ドアには鍵が掛かっていた。彼女は外出しているのか、家の中は真っ暗だった。蛍光灯に照らし出された部屋の中は空っぽだった。彼女の跡形も残っていなかった。

流し台の上に、封筒が置かれてあった。

――恭治さん、お帰りなさい。私たちもうお終いにしましょう。私のこと捜さないでください。お元気で――

恭治はただ呆然と立ちつくすだけであった。

それから何カ月かが経ち、無性に彼女に逢いたくなって彼女の実家の近くまで行ってみた。暫く家の前を行ったり来たりしていたが、結局玄関のベルを鳴らすことは出来なかった。彼女に逢って、制御できなくなる自分が恐ろしかったのだ。

それからも、ゴルフ場で働いていたが、最早練習に打ち込む気力はなかった。金持ちの客や、顔見知りのメンバーと賭けゴルフで小遣い稼ぎをするようになっていた。スポーツに堕落していく自分が嫌になっていた。

三十を過ぎてゴルフ場を辞めた。

プロ野球時代の知り合いの紹介で、水商売で働くことになった。

最初はスナックのバーテン紛いのことをやった。ネオン街の女とも付き合ったこともあったが、所詮一緒になるような相手ではなかった。

次に見つけたのは、千住の裏通りにある居酒屋の雇われ店長の仕事であった。これは、自分の性に合っているのか、結構面白かった。

口下手な店長が、カウンターの奥にいて黙っていても、愛想の良い女二人が客を和ませてくれていた。客層は町工場の職工さんか、安サラリーマンばかりであったが、店はいつも繁盛していた。

お蔭で、給料もそこそこ貰えたが、女と酒に使って手元には大して残っていなかった。

しばらくして、嫌な奴らが顔を出すようになっていた。繁盛し出すと、必ずこういうダニのような輩が来るものである。地回りであった。

最初は店が混んでくる前に来て、おしぼりを使え、お通しを入れさせろの類いであった。断り続けていると、露骨にショバ代をせびるようになってきた。しかも、一番の稼ぎ時に現れて、テーブルを占領したりすると、客は嫌がってそそくさと帰り支度をするのであった。明らかに客数が減り始めていた。このままでは死活問題であった。

ある夜のことだった。

お客は数人であった。そこへ、奴らが三人連れで現れたのだ。

「何だ、しけてんなあ。マスターよ、このままだと店じまいでないの。えー、いい加減に俺たちの話を聞いた方がお互い得じゃないのかい」

兄貴分の男がカウンターの椅子に足を投げ出して座った。お客たちは慌てて勘定を済まして出て行った。

「あんたらいい加減にしないと警察を呼ぶぞ」

恭治はカウンターから出てきて男たちの前に立った。

「ほほう、呼んでもらおうか。俺たちが何かしたって言うのかい。俺たちはただの客じゃないの。えー、姉ちゃん。そうだろう」

地回り独特の爬虫類のような目で女たちを見据えていた。女たちは怯えていた。

「ともかく帰ってくれ。話すことはない。出て行ってくれ」

恭治の手が男の肩に触れたその瞬間、男は立ち上がって懐から何かを抜いていた。刃物だった。

「おまえ、舐めるんじゃないぞ。俺を誰だと思ってるんだ。えー、この界隈じゃヤッパの鉄といやー知らない者がいないんだ」

男は刃物を持った手を低く身構えた。恭治は咄嗟に目の前にあった椅子を、男の右腕めがけて投げつけた。それが、あまりに不意であったせいか、男は避けきれなくて、腕に当てて握っていた刃物を取り落としてしまった。恭治は男に飛び掛かると、右の拳を男の顔面に突き入れた。鼻がつぶれる〝グシャ〟という音がして男はそこに倒れ込んでいた。

別の男が我に返ったのか、ビール瓶を逆さに持って恭治に殴り掛かってきた。身体を開いて受け流すと、男の腕を摑まえて足払いを掛けた。間髪を容れず、もんどり打って倒れた男の太ももを思いっきり蹴飛ばした。男は呻き声をあげたまま起き上がれないでいた。

最後の一人は既に逃げ腰だった。恭治が振り下ろした椅子の角に頭を割られ、血が噴き出していた。

血を見た恭治は自分を抑えられなくなっていた。倒れた兄貴分の腹を何度も蹴っていた。太ももを押さえてのた打ち回っている男の脚を、体重を乗せて踏みつけていた。

誰が知らせたのか、入り口の戸を開けて警官が雪崩れ込んできた。恭治の背中を羽交い絞めにしてきた警察官を投げ飛ばしていた。

「抵抗するか。公務執行妨害だ。逮捕だ」

三人がかりで恭治をねじ倒し、漸く手錠をかけることが出来た。その間、女たちはカウンターの陰に隠れたままであった。

兄貴分の男は内臓破裂で二カ月の重傷であったし、他の二人も足の骨を折るなどの大怪我であった。

一審の裁判では、恭治の行為は過剰防衛どころか、殺意さえ感じられるということで、重罪であった。初犯にもかかわらず、執行猶予なしの懲役三年の実刑が言い渡された。

恭治は、千葉の刑務所に服役した。

真面目に過ごした甲斐があって、数カ月の刑期を残して出所することが出来た。

恭治は出所しても行く当てはなかったが、昔世話になったゴルフ練習場の社長が引き受けてくれた。

幸い、ゴルフブームで、練習場は何処もいつでも満席だった。

球児は、黙々とボール集めや掃除、雑用を熟していた。自分で打席に立つことは殆んどなかった。

事務所に実家の兄貴から電話が掛かってきた。母親が危篤だという知らせであった。父親は、恭治が刑務所に服役している間に亡くなっていた。まだ一度も墓参りにも行っていなかった。恭治が躊躇っているうちに、母親が死んだという電報が届いた。

実家の兄弟たちやその家族にとって、最早、恭治は高野家の誉れでもなく、前科者であり、疎ましい存在に過ぎなかった。

恭治は、葬式には参列した。母親の骨を拾って戻って来ると、姉や兄嫁たちが、母親の箪笥や引き出しを引っくり返して、遺産分けを始めていた。そのうちに兄貴が、恭治に封筒を突きだしてよこした。

「これお袋の引き出しに入っていたんだ。お前宛の名前が書いてあるからな。お前に渡すぞ」

恭治は黙って受け取ると、封を切って中から手紙を取り出していた。

——恭治へ
お前から預かっていたお金は、お前の名前で貯金しておきました。このお金は、お前が本当に必要になった時に使いなさい。
私にとってお前は宝です。どうか胸を張って生きていってください。

母より——

読み終わった手紙は兄貴の手を経て姉・弟へと手渡されていった。

恭治は封筒を逆さにして中身を取り出した。恭治名義の預金通帳と印鑑だった。契約金の五百万円がそっくり定期預金になっていた。

恭治は通帳と印鑑を無造作に上着のポケットに納めた。

最初にクレームしたのは姉だった。

「恭治、お前の名義だって、それって母さんの残してくれたお金じゃない。それだって残すのにどれだけ皆が苦労したか。あんたは家を出たっきりで、誰が父さんや母さんの面倒見たか知ってるの」

「そうよ。うちの主人がこの家を守ってきたから、皆ここにいられるのよ。私なんか、お義父さんとお義母さんの介護にどれだけ辛い思いをしたか」

兄嫁が皆に向かってヒステリックな声を上げた。

「そうだ。恭治兄だけ貰うのは不公平だ。第一、昔はこの村の英雄だなんて言われていたのに、あの事件があってからは誰も寄り付かないじゃないか。俺たちの辛い気持ちも少しは分かってくれよ」

下の弟は露骨に金の分け前を要求してきた。

欲が絡めば兄弟なんて、他人より始末が悪かった。

「まあ、ちょっと待てよ。恭治、お前はどう思う?」

兄貴が、中に立つ形となり恭治に訊いた。

「俺は、十八でこの家を出てから何の世話にもなっちゃあいないぜ。俺が稼いだこの金を、どう使おうが知ったこっちゃない。あんたらにとって、俺は迷惑なだけなんだろうから、二度とこの家の敷居は跨がないから安心してくれ」

それだけ言うと、さっさと家を出た。背中から罵倒する声がいつまでも聞こえていたが、振り向くことはなかった。

世の中ではバブルの前兆が始まっていた。お蔭でゴルフ場は何処も賑わっていた。

恭治は、社長が持っている隣町にある小さなゴルフの練習場を借りることにした。本当は土地・建物ごと買い取りたかったのだが、そんな金を貸してくれる金融機関はなかった。土地と建物を賃借する契約を結んだ。

母から貰ったお金を使って、夜間照明をつけ、打席も全自動に変えた。

平日の夜はサラリーマンでいっぱいだったし、休みの日は、打席は一時間待ちが普通だった。使ったお金は三年ぐらいで取り返していた。

しかし、それも長くは続かなかった。平成三年、バブルの崩壊とともにゴルフブームは急速に萎んでいったのだ。それでも何とか食い繋いでいくことが出来ていた。

ゴルフ場の経営を始めて十年が過ぎていた。

突然、社長が亡くなって、奥さんと子供の相続税の問題が持ち上がってきた。恭治の借りている土地を手放すという話になって、買い取るか、立ち退くかの二者択一を迫られていた。バブルが崩壊したといっても、土地代だけで一億円は下らなかった。そんな金を手当てする術はなかった。

恭治は止むなく、ゴルフ場の経営から手を引くことにした。もっとも、この先のゴルフ人口の減少を考えた時、潮時であったかもしれなかった。手元には、お金も少し残っていたことだし。

次に手がけたのは、バッティングセンターであった。ゴルフ場から程遠くない場所に、バッティングセンターがあった。そこの社長とは今までも何度か話したことがあった。

バッティングセンターを丸ごと賃借することになった。

従業員はいなかった。ボール拾いから、マシンの調整や、便所の掃除まで全てを一人でやった。マシンも最新式の機械を二台だけだったが入れ替えた。スクリーンが付いていて、投球動作に合わせて打つことが出来たし、変化球も自在な優れものであった。

近くには、新しい分譲住宅と大きなマンションが建って、子供たちの数も増えていた。小学校の校庭や、原っぱでは、少年野球チームが練習する風景をよく見かけるようになっていた。野球のビジネス・ポテンシャルが増えていたのだ。

休日には、親子連れのお客が目立つようになっていた。平日の昼休みや、定時後、近くのサラリーマンがバッティングで汗を流す姿も見られた。

恭治は小学生、中学生相手のバッティング教室を開いた。料金も子供割引を導入するなど工夫を凝らしたせいか、いつも盛況だった。恭治は野球おじさんで子供たちには人気があった。時々、少年野球の試合に応援に行くこともあった。

恭治は少年たちに囲まれて野球をしているのが一番楽しかった。大会で、自分の教えた子供が、ヒットを打った時が一番嬉しかった。

しかし、子供たちもいつかは大きくなり、野球を離れていくのである。新たな家族が増えない限り、この町の野球人口は年とともに減っていくのだ。バッティングセンターのマシンが動かない日が続くようになった。

そんなある日、土地の所有者が倒産し、土地を銀行に差し押さえられることになった。銀行は、恭治に買取するか、立ち退くかの要求をしてきた。恭治の懐には金は残っていなかった。

恭治はバッティングセンターを畳むことにした。

それからは、伝手を頼りに色々な商売をやったが、うまい話はなかった。それでも、水商売だけには手を出さなかった。懲り懲りだった。

常磐線の電車に乗っていた時だった。電車が鉄橋に差し掛かって、〝ゴーゴー〟と音がしていた。何気なく窓の外に目を向けると、河川敷に野球のグラウンドが広がっていた。

次の駅で恭治は電車を降りてしまった。ぶらぶらと川沿いの道を歩いて行くと、土手にぶち当たった。登ってみると、目の前一望に河川敷が広がっていた。その緑に囲まれた一画に赤茶けたグラウンドがあった。どこかの高校生か、真っ白な練習着の野球少年たちがグラウンドに溢れていた。それは懐かしい光景だった。

恭治はその夜からこのテント村の住人となって、球児と呼ばれるようになった。


甲子園の県予選が始まった。M高の一回戦が近くの県営球場で行われていた。

球児が仕事の帰り、自転車を飛ばして球場に着いた時には既に、試合は始まっていた。回は中盤で、M高が三対ゼロでリードしていた。

球児は応援団から離れた席に独りポツンと座った。

漸く、林少年の番が回ってきた。ワンアウトで二塁にランナーがいた。少年はツーストライクまで待って、次の直球を見事にセンター前に弾き返していた。良い当たりであった。一塁ベースに立った少年は、球児の姿を見つけたのか、右手の拳をちょっとだけ上げる仕草を見せた。

「ふん」

球児が鼻を鳴らしても、誰の耳にも届いていないはずであった。

球児は八回が終わると席を立った。

二日後のM高の二回戦は、時間がなくて観に行くことが出来なかった。

その日の夕方だった。テント村を一人の少年が訪ねてきたのは。

「あのう、こちらに野球をやる体の大きな方がいませんでしょうか？」

テントの前には、社長がステテコ姿で団扇を使っていた。

「えー、ああ球児のことか？」

「はあ、名前は知らないんですけど」

「球児に間違いないよ。今は、商売でいないけどな。で、あんたは？」

社長の声で他の住民もテントから顔を出してきた。

「自分は、M高の野球部の林です。その球児さんに会いに来ました」

少年はぞろぞろ現れたおじさんたちに目を向けながら、大きな声で言った。

「球児の商売は今日が書き入れ時だからな。あと二時間は掛かると思うよ。何か伝えてやろうか」

学者が優しく言った。

「はい。今日の自分の成績は四の二だったと伝えていただけますか」

「四の二って、二安打したってことかよ。すげーじゃないか」

駐在が感心したように言うのを聞いて、少年はちょっとはにかんでいた。

「しかし、球児の奴は野球だけは本物みたいだな」

「みたいじゃないよ。本物さ。少年！　君は彼が誰だか知っているか。有名な野球選手だったんだぞ」

駐在が「元プロ……」と言う前に、社長が駐在の手を引いて止めに入った。

それは球児も人に知られたくないことであろうから。

「それで、次の試合はいつ、どこでやるのかな」

「はい。二日後の一時から、同じ県営球場です。相手は明日決まります」

「おい、林君だったな。球児に伝えておくよ。次も頑張れよ」

社長が言うと、少年はぺこりと頭を下げ、振り向くと土手を駆け上がっていった。

それから暫くして球児が帰って来た。皆は何となくテントの周りに腰かけて涼んでいた。

球児は買ってきた三百ミリリットルの発泡酒の缶を開け、ごくごくと喉を鳴らして一気に飲みこんだ。

「プー」と大きく息をついた。

「よう、球児。今さっき、お前さんにお客が来ていたんだぜ。誰だと思う？」

駐在が笑いながら言った。

「えー。俺にか。女じゃないだろうな」

「お前当てでもあるのか。飲み屋の借金取りはここまで追いかけて来ないだろうよ」

「違いない。で、誰かね？」

「M高の野球部だって、林と言ったな。お前に会いに来たんだ。それで言伝を残していったよ」

社長が真面目な声で言った。

「ふーん。で？」

「今日の試合、彼自身は四の二だったたって」

「ほー、そうか。まーまあだな」

「彼はお前の教え子かよ」

「まーな。ちょっと通りすがりに話をしただけさ。……じゃあ、次は三回戦か」

「おい、明後日だろう。面白そうだから皆で観に行かないか。球児、肝心のお前はどうなんだよ。行けるんだろう？」

「そうだなー、午後からだったら行けるか。うん、俺も行くよ」

「よーし、決まった。高校野球なんて何十年ぶりかな」

三回戦の第三試合が始まったところだった。

テント村の住民は揃ってスタンドの最前列を陣取っていた。頭には、麦わら帽子や、野球帽を被り、上半身はシャツ一枚の姿であった。足元には、誰が買ってきたのか、缶ビールが置かれていた。

「おい、林少年は何処にいるんだよ」

「そうだなー、何処守っているのかな。皆真っ黒けで顔なんか区別付かないぜ。球児教えてくれよ」

「うんー。背番号9番、ライトを守っているよ」

球児は面倒臭そうに応えた。

二回の裏の攻撃で林少年の番が来た。

小さく素振りをして、バッターボックスに入る背中に、「林少年、頑張れよ」村の誰かが大声を浴びせた。

ツーアウト、二塁・三塁だった。初球をいきなり振り抜くと、ボールは一・二塁間を抜けてライトに達していた。二点タイムリーであった。

「やったー」

「良いぞ、林」

大きな声と拍手に少年は顔を上げ、ニッコリと笑った。球児たちの存在に気が付いたのかもしれなかった。

男たちは二本目の缶ビールを開けて乾杯していたが、球児はビールには手を付けなかった。彼は今、純粋な甲子園球児に戻っていたのかもしれなかった。

その後も試合はM高のペースで進んでいた。

終わってみれば十対ゼロの一方的なゲームとなっていた。この日も、林少年は二本のヒットを放っていた。

四回戦、ベスト16以降は県の中央球場で行われる為、球児は観に行くことが出来なかった。M高はその後も勝ち進んで、とうとう決勝まで来てしまった。

決勝の相手は、私立大学の付属高校であった。

球児はその日も、週刊誌の仕入れに忙しかった。駅を出て、自転車に集めた週刊誌の束を括りつけ、押しながら歩いていた。時計を見たら二時だった。腹も空いていた。目についたラーメン屋のドアを開けて中に入って行った。客はなく、ラーメン屋のおやじがカウンターの椅子に座ってテレビを見ていた。

「いらっしゃい」

「味噌ラーメン」

球児は今まで親父が座っていた椅子に座り、テレビに目をやった。

ちょうど七回に入るところであった。スコアは二対二の同点であった。ラーメンを待っている間に、相手の攻撃が終わってM高の攻撃に代わっていた。

打順良く、一番からの攻撃であった。素振りをしながら現れたのは、背番号9を付けた林少年だった。一番バッターに抜擢されていたのだ。

親父が思わずカウンターの中から首を出して、「おー良いぞ。ター坊頑張れよ」

やっと味噌ラーメンが球児の前に現れた。

「お客さん、この子打つんだわ。さっきもヒットを打ってね、それで一点入ったんだから」

球児が割り箸をぱちんと割って、ラーメンを啜り出すと、もうフルカウントになっていた。箸を止めて画面に見入った。バッテリーが選んだ最後の球は直球だった。林少年のバットが確実に芯を捉えた瞬間、ボールは二塁手の頭を越えて行った。

「やった！　ター坊、良いぞ」

親父は手を叩いて喜んでいた。

「見た見た？　凄いよね。この子ね、この先にある焼き鳥屋の息子。よーっし、これで逆転だ」

球児は、丼に箸を突っ込んで、ラーメンを勢いよく啜り込んでいた。

しかし後続が簡単に打ち取られ、その回、ゼロ点で終わった。

八回、M高のピッチャーが連投の疲れか、打たれて二点を失っていた。一方、相手はこの回から、温存していたエースをマウンドに送ってきていた。M高は簡単に打ち取られてしまっていた。

いよいよ最終回、二点ビハインドでM高の最後の攻撃であった。八番・九番が凡退の後、一番バッターの林少年が最後のバッターであった。

「おいおい、ター坊、頼むぞ」

親父は本当にテレビに向かって手を合わせていた。

一球目は、インコースへのストレートであった。

「今のは速いですね。百四十キロも後半でしょう。これでは、高校生にはちょっと無理ですよ」

解説者の声がテレビから聞こえてきた。

二球目は外側に逃げるスライダーを辛うじて見逃した。三球目はアウトコース低めの直球で、ストライクだった。

球児も、これは凄いピッチャーだと認めないわけにはいかなかった。

林少年は追い込まれてしまった。ピッチャーは上背を利用して大きな構えから、投げおろしてきた。少年のバットが動いて、ベースの上で捉えるはずのボールは、急激な角度で落ち込んでいた。スプリット系のボールだろうか。

「ストライク。アウト」

試合終了のサイレンが鳴った。M高野球部の夏は終わったのだ。

ラーメン屋のおやじが頭を抱えていた。

「お金、ここに置くよ」

球児はドアを開けて表に出ると、まるでサウナに入ったようだった。アスファルトが揺れていた。見上げると、太陽がギラギラと照り輝いていた。

夕暮れ時、テント村の住民は、いつもの椅子にいつものように腰かけていた。

「球児、M高は惜しかったよな。少年も頑張ったじゃないか」

「ああ、まあな。あんなもんさ。あそこからが大変なのよ」

「しかし、よく頑張ったと思うよ。甲子園に行けなくたって、あそこまで一つのことに打ち込めるってことは、幸せさ。十七、八の少年の時に、俺は何かをしていたかって、思い出せないものな。羨ましいよ」

社長が昔のことを言う時は、いつもしみじみしていた。

夕闇が迫る中、誰かが近づいてきた。最初に社長が気が付いたようだった。

「チワーッス」

「おお、少年か！　よく来た」

社長の声に皆が振り向いたその先に、林少年が立っていた。

少年は、球児の顔を見つけると「どうも、ありがとうした」ぺこりと頭を下げた。

「あのー、親父がこれ持っていけって」

少年はぶら下げていた一升瓶の入った袋と、紙包みを球児の前に置いた。

「何だこれは？」

やっと球児が声を出した。本人はぶっきら棒に言ったつもりなのだろうが、声が少し裏返っていた。

「焼き鳥です。家焼き鳥屋ですから。本当は今夜祝勝会のはずだったんですが、取りやめで、余っちゃったんすよ」

「そうか、焼き鳥屋の親父、良いとこあるな。球児、遠慮なく頂こうよ」

「よーし、俺たちでお祝いしてやろう。コップと皿」

代議士が一升瓶を紙袋から取り出して、目に近づけた。

「おい、こりゃー本物だぜ。新潟の名酒、味わって飲まないと罰が当たるぞ」

それぞれのコップには酒が満たされ、何枚かの皿には焼き鳥が盛りつけられていた。

代議士が音頭を取った。

「それでは、林少年の前途を祝しまして、乾杯！」

「乾杯！」

拍手が続いていた。

皆は遠慮なく酒を飲み、焼き鳥を頰張っていた。

「さすが、焼きたては旨いな」

「いや、俺はこの酒が堪えられないぜ。俺んちの先生の当選祝い以来だぜ。こんなうまい酒は」

代議士が、コップの中の酒を見詰めながら、感激したように言った。

林少年は、球児の傍に座って、そんな様子を眺めていた。

「おまえ、いや林君だな。今日の試合は惜しかったな」

「いや、駄目でした。悔しいです」

「最後に三振したのがか?」

「違います。その前にもっと打てるチャンスがあったのに、逃したからです」

「そうか。でも一本良いの打てたじゃないか」

「あのピッチャーならもっと打てました。球児さんが言う通り、ボールは速くても変化球は全部盗めました。癖が分かるんです。……でも最後のエースは違いました。全く分かりませんでした。凄い奴がいるんですね」

「そうか。俺もそう思ったよ。あれは間違いなく一流だよ。でもあれを打ち熟す打者もいるんだよ。それが一流なのさ」

「そうですか。球児さんでもそう思いますか。じゃあ、俺なんか三振して当たり前ですよね」

「俺だってあの球は打てなかっただろうな。所詮一流にはなれなかったのさ。俺もな」

球児はコップの酒を見詰めていた。

「諸君! ここで一つ林少年の話を聞きましょう。林君どうぞ」

代議士のメートルが上がってきた。球児がちょっと少年の方に目をやると、頷いて立ち上がった。

「どうも、応援ありがとうした。自分は野球下手で、レギュラーも外されそうでした。そん時、球児さんが教えてくれたんす。自分は一生懸命やってみました。そうしたら、打てるようになったんす。自分は、自分は嬉しかったす。……球児さんに感謝してます」

少年は途中から声を詰まらせ、お終いは嗚咽でよく聞き取れなかった。

「良いぞ。少年、よくやった」

拍手と励ましの檄が飛んでいた。球児が立ち上がって、少年の背中を擦ってやっていた。

「林君はこれからどうするんだ？」

「俺、勉強して大学に行きます」

「そうだな。それが良い。で、野球はどうする？」

「大学でやるかもしれません。でも、俺、一流にはなれませんから」

「そうか、勉強しろよ。俺のような野球馬鹿じゃしょうがないからな」

「はい、有難うございます」

少年は立ち上がると、皆に頭を下げて帰って行った。

「頑張るんだぞ」

球児が少年の背中に放った声が、届いていたかは分からなかった。

二本目の一升瓶も空になっていた。

「よーし。俺がY球団応援歌を歌う。ご唱和願います」

球児が手拍子を打ちながら歌い出した。

――踊り踊るなーら、ちょいと東京音頭、あよいよい
花の都ーの、花の都の真ん中で、××やったらよいよいよいよい
あーよいよいよい……――

いつの間にか猥歌になっていた。皆もそれに合わせて踊り出し、火の周りをぐるぐる回り出していた。
「ようし、こうなったら夏祭りだ。盆踊りだ」
駐在が、歌いながら手を上げ足を上げ、妙な格好で踊り出した。

――月が出た出た月がー出たあよいよい
三池炭坑の上にでたー　あんまり煙突が……――

男たちの銅鑼声が辺りに響き渡っていた。もしもこの時間に土手を歩く人がいれば、男たちの姿が影絵のように揺らめいて見えていたのであろうか。しかし、ここはテント村、浮世とは別の世界であった。
対岸には家々の灯が瞬いていた。一家団欒の時を過ごしているのであろうか。

第六章　プー太郎

いつの間にか夏が過ぎ、川面を渡る風が心地良くなった。しかし、河川敷は台風の雨風には弱いのが難点だった。

前夜の風と雨が嘘のように爽やかな朝であった。川は水嵩を増して溢れ、葦原も一部水に浸かっていた。皆は、流れ着いた木々を拾いに出かけていた。

目に付いた太めの丸太を球児と代議士が持ち上げようとした時だった。

「ギャー！」

球児が叫び声を上げると二、三メートルも飛びのいた。それに続いて代議士も「ワー」と言って丸太から離れた。

「何だ、どうしたよ？」

「へ、へび！　へびだー」

腰の引けた球児の指さす先にいたのは、三角頭で縞模様のある蛇であった。

「おっ、こいつはマムシだな。何処から来たんだろう」

「このまま放っておくと、テントに入り込んで子猫の太郎を襲うぞ」

「おい球児、何とかしろよ」

社長が球児の方を振り返って言うと、

「勘弁してくれ。俺は長い物は駄目なんだ。誰か何とかしてくれ。頼む」

球児は皆に向かって手を合わせた。

「いや、拙者に殺生は出来んよ」

代議士が慌てて手を振っていた。

「しょうがないな。何処かに棒切れはないか」

皆が手頃な棒切れを手にしようとした時、駐在が後ろから現れ、

「何、どうしたの？」

「へび。マムシ」

蛇は丸太の下へ潜り込み、尻尾だけが覗いていた。

「ちょっと皆、下がって」

駐在は皆を手で下がらせると、そーと近づいていった。固唾をのんで見詰める皆の前で、いきなり尻尾を摑むと勢いよく引っ張り出し、そのままぐるぐると回して、蛇の頭を丸太に叩きつけたのだ。そして、すかさず、その頭を靴のかかとで踏みつけた。

「へへへ。一丁上がり」

首根っこを摑まえてぶら下げると、尻尾の辺りはまだ蠢いていた。

「おい、そ、それどうするんだ？」

球児が逃げ腰で訊いた。

「これ？　勿論食べるんでしょう。滋養強壮に最高だよ」

「食べるって、どうやって？」

代議士もおよび腰であった。

「俺の田舎でもマムシ酒にするわな」

「まあ任せなさいって。今晩、皆に御馳走するから」

駐在は蛇をぶら下げたまま何処かへ消え去った。

夕飯時、皆が火の周りを取り囲んでいるところに、駐在が現れた。手にはちょっと大きめの皿があった。皆の目が一斉にその皿に注がれていた。そこには、醤油に浸された、五センチくらいの長さのピンク色をした肉塊が盛られていた。

「さて、焼きますぞ。お一人様一個は食べてくださいよ」

駐在が箸でその肉塊を摘まんで、金網の上に並べると、忽ち脂が滴り火が点いた。

「さあ皆さん、これを食えば今晩は眠れませんぞ。ギンギンぎらぎらですからな。味だってウナギのかば焼きより上等ですよ」

言いながら器用に肉塊を引っくり返していた。何だか本当に香ばしい醤油と脂の焼ける匂いが漂ってきた。

「よし、焼けた。さあどうぞ。遠慮なく」

駐在が一番大きそうなところを箸でつまんで口元に近づけ、ふーふー言いながら齧りつくと、

「旨い！　最高だね」

むしゃむしゃバリバリ音を立てながら顎を動かしていた。

それにつられて皆も恐る恐る口に運んでいた。最後に箸を付けたのは球児だった。

「どうだ旨いだろう。球児、味はどうだい？」

「うっ、うん……」

生返事が返ってきた。

「東南アジアや中国じゃあ、蛇は御馳走さ。それと犬かな。だから中国なんかじゃあ、野良犬がいないよ。どっちも強精剤だって言うからな」

「おい、まさか猫は食わんだろうな」

「さすがに猫を食う話は聞かないな。でも、四つ足は何でも食うって話だからな」

「おい、俺の太郎を食うなよ」

翌朝、代議士と球児が草むらで立ちションをしながら話していた。

「おい蛇の効きめはどうだった？」

「ああ、『朝立ちやしょんべんまでの命かな』だよ」

「違いない」

珍しく、駐在が最後にテントから起き出してきた。

「駐在さんよ、今朝は遅いじゃないか」

「うん、昨夜は目がぎらついて頭が冴えて寝付けなくてさ。マムシは効くなーやっぱり。ふぁーあ」

駐在が大きな欠伸をするのを見て、皆は顔を見合わせていた。

堤防の上を、駐在と学者が並んで自転車をこいでいた。右手前方には、ブルーテントが朝の光を浴びて、緑の波間に浮かんでいた。ふと見ると、五十メートルも離れていない場所に、緑色をした小型のテントが一つ葦原に溶け込んであった。

「あれ、あんな所にテントがあるぜ」

「そうですね。今まで全然気が付かなかったな」

二人は自転車を止めて眺めていた。

「だとすれば、昨日今日だろうな」

「誰か知っているのかな」

ブルーテントの周りには、社長だけがいた。

「おー、ご苦労さん。収穫は？」

「まーまーすね。それより社長、隣のテント知ってるかい」

「テント、隣にか？」

「そうなのよ。ここからは見えないけどね」

「よーし。行ってみるべ」

三人は葦原を迂回してテントに近づいていった。小型のテントが葦原を踏み固めた上に建てられていたが、周りには他に何も見当たらなかった。

「こんちわ！　誰かいるかい？」

駐在が大きな声を出したが返事はなかった。

「誰もいないのかい」

もう一度声を掛けて、隙間から中を覗いてみた。

「誰もいないぜ」

社長も学者も代わる代わる覗いていた。

「でも誰か住んでいますね。世帯道具があるもの」

「そうだな。ラジオに石油コンロがあるな。物騒な奴だな」

「まあ、夜になったら帰って来るんだろうよ」

葦原の中は、風が通らず暑かった。三人は汗を拭きながら来た道を戻って来た。

日が暮れても暑かった。皆は団扇を使いながらテントの周りに座っていたが、何となく新しいテントのことが気になっていた。

「おい、何か明かりが見えないか？」

誰かが、新しいテントの方を指さした。言われてみれば確かに明かりらしかった。

「よし、行ってみるべー」

社長が腰を上げたのに、駐在も続いた。

「じゃあ、ここは村長に任せよう。大勢で行かない方が良いだろうよ」

社長と駐在がテントの前まで来ると、テントから明かりが漏れていて、誰か人の気配がした。

「こんちわー。誰かいますか」

駐在の声に、「あーいますよ」

坊主頭に髭をたくわえた男がテントからのっそりと現れた。暗くてその表情はよく見えなかったが、声からすると若い男のようであった。

「何、なんすか？」

警戒心というよりは、他人を受け入れない、堅い鎧を纏った人間の姿なのか。

「いや、わしら隣に暮らす者なんでね、ちょっと挨拶と思ってな」

「あっそう。ども」

「まあ、暇だったらわしらの所にも来てみてよ。袖擦り合うも何とかって言うからね」

「あっそう。俺、朝早いっすから。今日は遠慮しとく。そのうちね。ども」

男はそれだけ言うと引っ込んでしまった。

「ちぇっ、愛想のない奴だな。今頃の若いのは」

駐在が、振り向きながら言った。

「まあ、若いのはあんなもんだよ。悪さをしない限り放っておこうよ」

そのうちに、誰も男のことを口に出しては言わなくなったが、心の内には何かが引っ掛かっていた。それは、自分たちの若さという過去かもしれなかった。

一週間が過ぎた日の夕方、その男が突然現れた。皆はてんでに夕飯を食べ終わって、手持ち無沙汰をしているところだった。

「ちわっす」

男は傍にあった木箱を引き寄せると勝手に腰を掛けた。

「やー来たか。俺たちはこの五人。宜しくな。何かあったら言ってくれ」

社長が気を遣ったのか、優しい声で言った。

「はあ」

明るい所で見た男の顔は、四十くらいであろうか。

「あんた、飯は。水は?」

「飯は食いました。水はペットボトルがあるからいいっす」

「飯作るのに火は要らんのかね」

「石油コンロあるから。……ここは電気ないんすか」

「電気なんか要らんだろうよ。それより水は要らんのかよ。洗濯は？」

「洗濯っすか。コイン・ランドリーに行くし、風呂も銭湯かサウナで用足りるからな」

男のポケットから携帯の受信音が聞こえてきた。男は立ち上がると、携帯に話し掛けながらその場を離れて行った。そしてその夜は、それっきり戻っては来なかった。

「何だ、あいつ！」

「へええっ。どういうのかね、今頃の奴は。理解不能だぜ」

男はどうやらフリーターで、毎日何処かで仕事をしているようだった。それも、不規則な時間帯と見えて、日中に見かける時もあった。

何週間かが過ぎ、皆がその男の存在を気にしなくなった頃に、ふらっと現れた。

その夜は中秋の名月で、焼酎を飲んでいた。

見れば、何かの空き瓶にススキが飾られ、その脇に、何処から手に入れたのかお団子が添えられていた。

「ちわっす」

「よー、久しぶりだな。まあ座れよ」

言われるまでもなく、男は置いてあった箱に座った。

「おい、今日は月見だ。一杯飲めよ」

駐在が焼酎の入ったコップを男に手渡すと、黙って受け取った。

「ところで、あんた仕事は？」

「仕事すか、フリーター。ずーっとフリーター」

「ずーっとって。ちゃんとしたところで働いたことないのか？」

「ないっす。高校出てから、ずーっと。プー太郎っすね」

男の携帯が鳴っていた。立ち上がって何かを話していたが、また戻って来て座った。

「まあ、ここではプライバシーは訊かないことになっているんだけどな。俺にもあんたくらいの子どもがいるからよ。あんた、家族は？」

社長が男に言った。

「さあな。もう十年以上会ったことないから。知らんね」

「ふーん。で、これからどうするんだい。ずーっとここにいるのかい？」

「いや、冬は寒いから嫌だな。そのうち、南の島に行くんだ。沖縄の島にね」

「沖縄か、良いな。彼女でもいるのかよ」

「いない。誰もいないけど、俺、慣れているから、独りで暮らすの」

「だけど沖縄にはハブがいるんだろう。噛まれるぞ」

「だいじょーぶっす。俺ハブ獲りのバイトやってたから、平気だ」

男は、コップの焼酎を一気に飲み干した。

「あのう、頼みあんすけど。自転車売ってくれないすか？」

「自転車か。あるぞ」

社長が自分の倉庫に入って行くと、中古のママチャリを引っ張り出してきた。

「これで良ければ、どうだ」

「ああ、良いすね。何ぼですか？」

「二千円でどうだ？」

「ＯＫすね」

男はポケットから財布を取り出すと、無造作に二千円抜き取って社長に渡し、自転車に跨ってみた。

「良いすね。じゃあどうも」

それだけ言うと、走り去って行った。

皆は唖然として男の走り去った方を見詰めていたが、「どういう奴なんだよ。あいつにだって親はいるだろうにな」社長が言った。

「あいつらと、俺たちの若い時と比較しちゃ拙いんすよ。俺たちの若い時にはまだ何か夢があったもの。今思えば大したものでもなかったけど、金持ちになりたいとか、女にもてたいとか、都会に出て良い暮らしがしたいとかね。……あいつらには何にもないのよ」

「そうかもしれないな。物心ついた時から、氷河期だからな。物質的には満たされていても、精神的には満たされないと言うな。本能的に、太陽が恋しいのかもよ。分からんでもないな」

「いや、あいつらは、フェース・ツー・フェースの粘っこい人間関係が出来ないのよ。メールかインターネット空間にしか自分の居所がないのさ。それこそ、氷のような冷たい無機質な世界でしか生きられないのかもしれない。何なのかねえ、親の愛情が足りなかったのかな？」

「いや、逆に親の愛情が多すぎたってことも考えられるよな」

「そう言う俺たちだって、都会の無機質な狭間で生きているんだけどもよ。それに、他人様の子供のことをとやかく言う資格もないしな」

見上げれば満月があった。煌々と冴えわたっていた。都会の無機質な幾何学模様には不似合いな景色であった。

それから一カ月が過ぎた頃、男の姿は忽然と消えていた。跡形もなくなっていた。冬が来る前に南の島に行ってしまったのであろうか。

夕食の後、いつものように集まっていた。

「あいつ、行っちまったな。本当に沖縄に行ったのかな。渡り鳥みたいな奴だな」

「うん、でもよー、一年中ネット・カフェや漫画喫茶に寝泊まりしている連中よりはましかもな。少なくとも自由があるよ」

誰かの声がした。

「冬は南の国が良いだろうな。駐在そうだろう？」

「ああそうさ。『南の国』、良い響きだなー。ねえちゃんがいるともっと良いな」

「そうだな、この村にも男はいいから女が来ないかな。それも若い娘が」

「まあ、やめといた方が良いな。男の中に女がいると必ず争いが起きるのよ」

社長が重々しく言った。

「皆は知らないだろうけどな、南の島で面白い事件があったんだ」

「へー、なんか面白そうだな。聞かせてよ」

「あれはなー、俺が小学校の五、六年生の頃だったよ。映画にもなってな、日本中を賑わした話さ」

社長が昔の記憶をたどりながら話し始めたのは、『アナタハン島事件』のことだった。

――それは、太平洋戦争中のマリアナ諸島にある、アナタハン島という小さな島で起こった出来事だった。二十代の女性を巡っての三十人からの軍人たちの争いであった。敗戦後も絶海の孤島で暮らし続け、昭和二十六年になってやっと女性と、一部の男たちが帰国できた。しかし、その時までに十三人の男たちが死んでいたのである。

男たちは黙して語らなかったが、女性の告白から、事件の全容が浮き彫りになり、昭和二十八年に映画化されていた。社長の話はその映画の受け売りだった。

初めは、秩序ある帝国軍人だったはずが、次第に女を巡って争いが起き、二丁の米軍のピストルを手に入れるに至って、暴走に歯止めがかからなくなっていくのである。そこには最早、階級も社会的秩序もなく、雄としての剝きだしの野獣性のみがあった。男たちは狂ったように、いや、実際に女のフェロモンに狂ってしまったのだが、お互いに殺し合いをするのだった。

しかし、さすがに男たちも己の愚かさに気付き、出した結論が、争いの元である女をこの世から抹消することであった。

女は間一髪で島から逃げ出し、結局それが米軍に通報され、男たちも帰国することが出来たという話であった——

「女は魔物だな。特に若い女はな」

社長の話はそこまでだった。

「へえー、しかしよっぽど良い女だったのかね」

「どうかね！　まあ、文明社会では考えられないことかもしれないけど、ありうる話だと思うな。フィリピンやニューギニアでは兵隊が仲間を殺して人肉を食ったと言うだろう。食欲は人間の第一の本能だよ。もし食欲が満たされたら次は、生殖欲だろうよ。雄としての種族維持本能だろうさ。人間・ホモサピエンスも所詮は動物さ」

代議士の言葉がやけに重々しく聞こえた。

「でもさー、反対だったら、やっぱり事件になっていたかな」

その場の雰囲気を察するのが駐在の良い所である。

「反対って、男一人に女大勢か？」

「うーん、やっぱり起きるかもな」

「男と女って難しいもんだな」

「そうだな。でも俺たちには関係なさそうだけどな」

「マムシの黒焼きでも勃起《たた》ないもんな」

球児がぼそりと言うと、

「違いない。まあ、良い夢でも見るんだな」

代議士が空かさず相槌を打った。

第七章　市民運動家

堤防の土手を降りて街中に向かうと、すぐにこんもりとした森に出くわす。『ふれあい公園』である。大きな木々の梢が涼を与えてくれ、夏は特に人影が目立った。休日には広場で子供たちが遊んでいるのを見かけた。居場所のない年寄りには格好の空間であった。

代議士が、自転車を押して公園の中の小路を歩いていた。平日の昼下がり、子供たちの姿は見えなかった。代議士は立ち止まって、ポケットからハンカチを取り出すと額の汗を拭った。

十月に入っても暑かった。

上着を脱いで自転車の前の籠に押し込むと、再び歩き出していた。前方の明るい空間、広場には人影があった。しかも結構な人数である。何かの集会らしかった。集まっているのは、年寄りと、おばさんである。代議士は、さして急ぐ理由もないので、つい立ちどまって、話を盗み聞きする形となった。

全部で二十人くらいだろうか、真ん中にいて喋っているのはおばさんだった。

「……このような暴挙は絶対に許せないのです。大体において、市長に、音楽だとか芸術だとか分かるはずがないのです。土建屋の市会議長に文化が分かるはずがないじゃありませんか。

私たちは立ち上がらねばなりません……」

おばさんの理路不整然な話を要約すると次のようであった。


——この豊かな森を潰した跡地に、体育館と多目的ホールを建て、一大文化センターを造るという計画が進められている。しかも、突然に、市長と一部の市議会議員によって一方的に進められているのである。元々の出所は、与党のばら撒き政策の補助金目当てであるらしかった。それを、パフォーマンス好きの市長と、土建議員が後押ししているのである。

子供たちや、年寄りの憩いの場所を、豊かな緑を潰して、箱ものを立てるのは断固反対すべきである。皆で反対運動を起こそう——


集まった人たちは、それぞれに賛成の意を表すのであるが、いかんせん烏合の衆であり、ただ「わいわい」言っているのしか聞こえてこなかった。

「分かった。で、わしらはこれからどうするのじゃ……」

ご高齢の爺さんが精一杯叫んだつもりなのだろうが、入れ歯のせいか、それほど迫力はなかった。

「よーし、皆で市長に殴り込みを掛けよう！」

元体育会系を連想しそうなおじさんが、禿げ頭を光らせて、怒鳴り声を上げた。こちらはかなり迫力があった。

「なにを言っているのよ。もっと冷静に論理的に進めましょうよ」

前に立って説明していたおばさんの金切り声が聞こえた。

「分かったから、この後どうするかですよ」

おばさんもおじさんにも、アイデアはなさそうだった。

テント村の住民にとっても、この森は大事な場所である。ひとたび、大洪水に見舞われた際には、ここが唯一の避難場所になるはずである。代議士にとっては由々しき問題であった。

「あのう、この話は本当なのでしょうか。私には初耳なのですが」

代議士は輪の中に入って行った。

「本当です。だから問題なのです」

おばさんが、けちを付けられたと思ったか、気色ばんで応えた。

「これって、一般市民はどのくらい知っているのでしょうか。もし知らないとしたなら、重大な問題です。民主主義の根本ですからね、知る権利は」

「いや、一部の人しか知らないと思います。市議会だって正式には知らないことになっていますから。でも明らかに計画は進められています。実際、ここの測量が始められていますからね。しかも、皆には分からないように、市の予備費を使ってね」

元役所勤めのようなおじさんが、真面目な顔で説明してくれた。

「そうだ。始まっているんだ。全くけしからん」

「そうですか。大体の様子は分かりました。私も、この公園を潰すのは絶対反対ですね」

「それで、これからどうしたら良いかね。あんたに何か考えがあるかね」

「先手を打たなくてはいけませんね。このままだと、行政にうまくやられてしまいますね」

「そこなんだよ。あいつらはいつだって狡猾じゃからな」

「先ずは、一般市民を巻き込んだ大きな反対運動に持っていかなくてはいけませんね。その為には、この集会に適当な名前を付けることですね。例えば『ふれあい公園の緑を守る市民連合』てな名前はどうですか」

「『ふれあい公園の緑を守る市民連合』、良い名前じゃないか」

「よし、それで行こう。賛成の方？」

「賛成！」

拍手が起こった。

「満場一致で決まりました。それで、次は？」

おじさんは、いつの間にか議長の心算らしかった。しかし、結局は代議士に次を促すのだった。

「次は大衆活動、草の根運動です。具体的には、この事実を一人でも多くの市民に訴えて、賛同する人の数を増やすことですよ。署名活動なんかも良いでしょうね。勿論、市民の中には、この計画の賛同者も必ずいますからね。特に建設関係の人には注意をしませんとね。場合によっては相当の妨害もありますからね」

代議士の唇が滑らかになってきた。胸を反らして話す姿は生き生きとしていた。人々はすっかり引き込まれてしまっていた。

「いやー、素晴らしい。あなたはどういう人なのですか。さぞや名のあるお方とお見受けした」

おじさんが、財布から名刺を出して「私はこういうものです」と代議士に渡した。どう見ても『元』が付く肩書であった。

代議士も慇懃に、例の『××NPO法人日本代表』の名刺を手渡した。

「NPO法人日本代表でいらっしゃいますか。それはそれは、お見それしました」

おじさんは感心して、隣のおじさんたちにも見せていた。

「いやいや、ほんのボランティアの真似事ですよ」

「ここは是非、私らの代表になってもらいたいですな」

「いやあ、勘弁してください。私にはNPOの仕事がありますから。是非、皆さんの中から代表者を選んでください。勿論、私もこの運動はお手伝いさせていただきます」

選挙で代表を決めることになったが、非論理的なおばさんでも、元偉いさんでもなく、七十過ぎであろうか、真面目そうなおじさんが選ばれた。

「じゃあ、私が代表ということで、それでは次の集まりは、来週の月曜日一時から、公園の横にある集会所でお願いします」

人々は散らばっていった。代議士は汗を拭き、「やれやれ」と独り言を言って自転車を押し始めた。


「社長、えらいことになりましたよ。あの『ふれあい公園』が潰されるって話ですよ」

「なに、本当かよ。それは一大事だぞ」

「いや、今日の話なんですがね。それで反対運動をやろうってことになりましてね。俺たちも協力せにゃあ」

代議士が皆に今日の午後の出来事を話して聞かせた。

「ふうん、市長の奴、とんでもない野郎だな。税金を無駄遣いするなんて怪しからんよ」

「しかし、僕たち誰も住民税払っていませんけどね」

「学者、そういう問題ではないの。民主主義の問題。市民の意見を無視した権力の乱用。我々は断固闘わねばならないのだ！」

最後のところはやけに気合が入っていた。

「それで、俺たちは何をするのかね？」

「社長、ごもっともです。来週の月曜日、時間の許す方はぜひ集会に参加ください」

月曜日の午後、代議士、社長、駐在が連れ立って集会所に顔を出していた。集会所は人で溢れていた。窓もドアも全て開け放たれていたがそれでも暑かった。

前のテーブルには、代表のおじさんと、見た顔のおじさん・おばさんが居並んでいた。

「えー、定刻になりましたので、我々市民連合の第一回集会を始めます。えー、今日の議題は
……」

代表は心許なげに、誰かを探している様子であった。

「あっ、いました。NPOの先生、お願いしますよ。待っていたんですから」

代議士の顔を見つけて、地獄で仏に会ったような声を出していた。代議士は、代表の横に座るとすぐにハンドマイクを握った。

後ろで見ていた駐在が肩を窄めて「先生だって」社長の顔を見た。

「そうだな。俺たちも先生と呼ばなくちゃあな」

社長も頷いた。

「皆さん！　先ずやらなければならないことは、多くの市民にこの事実を知らしめることです。そして少しでも多くの賛同者を摑むことです。その為には、ビラを作らなければなりません。しかも、それは分かり易くなくてはなりません。宜しいですか」

さすが、元選挙参謀である。身振り手振りでゆっくり分かり易く話していた。

「簡単なスローガンを作ってみましょう。例えばですね、『市長の横暴を許すな！』こんなふうにね。さあ、どなたかどうですか？」

「はい。『公園の緑を失くすな！』」

前に座っていたおばさんが元気よく手を挙げた。

「おー、素晴らしい。その調子」

「税金の無駄遣いはやめろ！」

「子供たちに未来を！」

「年寄りに安らぎの場を！」

あっという間に、十幾つかのスローガンが集まっていた。

「それでは、このスローガンを纏めてビラを作りましょう。出来上がったら、ここにお集まりの皆さん一人ひとりが、百枚コピーしてください。今日は、三十人の方がお集まりですから、全部で三千枚のビラが出来ます。それを先ずはこの近所の住宅から、ポストにビラ入れをしてください。来週の集会はきっと倍の人数になるでしょう。その次はそのまた倍。こうやって、賛同者の輪を広げていくのです」

駐在が感心したように「奴は本物の選挙屋だな」と呟いていた。

こうして、市民運動が広がっていったのである。

近所のビラ入れが一巡したところで、いよいよ街の中心での街頭活動であった。

土曜日の午後、人通りの一番ある時間帯、駅前広場に集合した。

――ふれあい公園の緑を守る市民連合――のぼり旗を立てて、おじさん・おばさんは全員揃いのゼッケンを付けて並んでいた。

「えー、ご通行中の皆さん！　えー、皆さん……」

代表のおじさん、空回りしてなかなか前に進まなかった。と、仲間のおばさんが人垣を掻き分けて、代議士の腕を摑んで引っ張ってきた。

「やあ、遅くなりまして。どうもどうも」

「先生、お願いしますよ」

代表のおじさんは、地獄でキリストに出会ったような顔をしていた。

「ご通行中の皆さん！　××市にお住まいの皆さん。ちょっとだけお時間を下さい。お急ぎの方はお配りするビラに目をお通しください。

皆さん、私たちの大事なふれあい公園の森が、緑が消えようとしています。子供たちの遊び場であり、お年寄りの安らぎの場である公園を潰そうとしているのです。何と悲しいことでしょうか。公園を潰して、またまた性懲りもなく、箱ものを作ろうとしているのです。このような市民の願いを無視した計画を進めているのです。それは、市長とその一派です。皆さん！　断固反対しましょう。子供たちの未来の為、お年寄りの安らぎの為、署名活動にご協力願います」

段々、人々の輪が広がってきていた。代議士の演説が一段落するたびに、声援と拍手が巻き起こっていた。ビラを受け取る者、署名活動に協力する者が増えてきた。

その中に、度胸のあるおばさんが、黄色い声を嗄らしてマイクに向かって叫んでいた。

「へええ、やれやれ」

代議士は汗を拭きながら、人ごみに紛れ込んだ。内心では、公安にでもマークされては敵わないと思っていたのだ。

集会所は熱気でむんむんしていた。ひな壇には代表以下、いつものおじさん・おばさんの顔ぶれがあった。

「えー、皆さん。念願の一万人署名を達成しました。この上は一刻も早く、我々の要求を市長にぶつけましょう。つきましては、その方法を議論したいと思います」

代表のおじさんがハンドマイクを手に、喋っていた。

「よーし、今から皆でこの署名の束を担いで、市長室に押しかけよう」

「そうだ。団交だ！」

「市長を吊るし上げよう！」

叫んでいるうちに段々興奮してきて、自分たちでもどうしていいか分からなくなっていた。

わいわいがやがや、勝手に言葉が飛び交っていた。

「お静かに！　静粛に願います」

代表の言葉も聞こえなかった。

代議士が後ろから人を掻き分けながら、壇の前に進み出てきた。皆を鎮めるように、両手をゆっくりと上下させると、静かになった。

「さて、皆さん！　これからが大事ですよ。演劇で言えばクライマックスですからね。主役は、そう、皆さん一人ひとりですぞ。立派に演じ切りましょう」

代議士先生、胸を張り、腰に手をやり、宛ら名監督の心算であった。

「市長の在室時を狙って、皆で市役所までデモを掛けましょう。そして代表者が、我々の要求書とこの署名簿を市長に手渡すのです。手渡すのは、市長の代理でも構いませんが、市庁舎の入り口が良いですね。テレビカメラや、新聞記者が見やすいところがね」

「だけど、デモってどうやるのかな」

ひな壇の方から心配そうな声がしていた。

「ご心配なく。デモは事前に警察に届ける必要がありますが、心配ありませんよ。日時と、参加人員と、歩くコースさえ届ければ良いのですから。代表お願いします」

火曜日の十時、公園の広場は人でいっぱいであった。ゼッケンを付けた者、プラカードを手にする者、のぼり旗を抱える者、皆何だか興奮していた。

「皆さん、三列に並んでください。これから市役所までデモ行進を行います。歩くときは、前の人との間隔を詰めて、車道には出ないでください。宜しいですね」

代議士の声に、皆は「はーい」と答えていた。小学一年生の初めての遠足のようだった。

「それでは、シュプレヒコールの練習をします。良いですか」

代議士はハンドマイクを口に当てて叫んでいた。

「ふれあい公園を失くすな！」

「ふれあい公園を失くすな！」

皆の声が、公園中に響き渡っていた。

「市長の横暴を許すな！」

「市長の横暴を許すな！」

段々調子が上がってきたのを見て、代議士は、代表にハンドマイクを渡し、自分は列の一番後ろに下がった。

「さあ、出発」

代表の一声のもと、デモ行進が動き出した。三百人はいるであろうか。三列縦隊は長い尾を引きながら動き出した。シュプレヒコールを叫び、拳を突き上げていくうちに、熱を帯び黒い塊となっていった。

市庁舎の入り口まで来るとデモは止まった。代表と一部の人たちが、予め打ち合わせ通り、集団の前に進み出ていた。

「我々は、要求書と署名簿を市長に手渡したい。市長は速やかに出て来なさい。出て来ない時には、不本意ながら市長室に向かわざるを得ないのです。我々は、皆さんの仕事の邪魔をするつもりはありません。市長、出て来て我々の要求書を受け取りなさい」

代表の声は、マイクロホンを通じてあたりに響き渡っていた。堂々としていた。

暫くすると、入り口から、貧相な男が不安げに出てきた。

「あのう、ただ今、市長は不在でございます。私が代わりに要求書を受け取らせていただきます」

「何だお前は。市長を出せ」

「そうだそうだ。ぺいぺいに用はない。帰れ」

「帰れ、帰れ！」

「市長！　いるのは分かっているんだ。出て来い！　皆で押しかけるぞ」

「そんな野郎、やっちまえ」

罵声を浴びた男は真っ青な顔して、駆け戻っていった。

今度は、年配の男が揉み手をしながら現れた。何だか質屋の番頭みたいな奴だった。

「あのう、私は副市長でございます。市長に成り代わってお話を聞かせていただきます」

愛想笑いを浮かべていた。

「よし、分かった。ここに我々の要求書がある。それと、一万人の署名がある。これを貴方に託すから、確かに市長の代理として受け取ってくれ」

代表は封筒に入った要求書と、ダンボールに詰まった署名簿の束を男に渡した。男は重そうに抱えながら「あのう、受領書にハンコは必要でしょうか」

「そんなものは要らん。見ろ。この千人の市民の目がその証しだ。早く市長に渡したまえ」

代表は毅然として言い放った。

副市長が市庁舎に入って行くのを見届けると、

「皆さん、我々の目的は達せられました。ご苦労様でした。しかし、これからも油断なく行政を監視していく必要があります。それをお忘れなく。取り敢えず今日は解散といたします」

一斉に拍手が起こった。代議士と駐在は一番後ろで手を叩いていた。参加者たちは、お互いに「ご苦労さん」と声を掛け合っていた。代議士の隣にいたおじさんが、上気した赤い顔で「いやー、デモ行進なんて久しぶりですよ。何だか血が騒ぎますなー」と言って、握手を求めてきた。

人々の群れはなかなか散らばらなかった。

代議士と駐在は、いち早く群れから離れ、歩き始めていた。

「久しぶりに学生時代を思い出したよ、俺も。しかし、お主は何で最後の良いところを他人に譲ったんだ。あそこが歌舞伎の大一番じゃなかったのかよ」

「馬鹿言え。あんなところで目立って、公安にでもマークされたら敵わんよ。仕事がし難くなるだけじゃないか」

「まあ、それもそうだな」

二人は黙って肩を並べて歩いていた。

「俺は感心したよ。お主は本当に政治家なんだな。天性のアジテーターなんだな。集団催眠術を見ているようだったよ。これって詐欺師の手口だよな」

駐在は言ってしまってから、ちょっと言い過ぎかなと思って、代議士の横顔を窺った。

「うん、……ああそうさ。政治家なんて詐欺さ。自分のことしか考えちゃあいないよ。天下国家なんて『糞喰らえ』だよ。選挙に落ちたら、一家が路頭に迷うからな」

いつにも似合わず、代議士の顔が引き締まって見えた。

「俺たち……団塊の世代って何だったんだろうな。結局、今の世の中駄目にしたのは俺たちかもしれない。……子育ても碌に出来ないでよ」

駐在の声も湿っていた。

「そうだなー……」

「お主、子供いたっけ？」

「ああ、女の子がな。……ピアニストだよ」

「へー凄いじゃないか！」

お互い家族の話はタブーのはずだった。

「まあな。……過去の話さ」

代議士は何処か遠くを見詰めているようだった。

第八章　代議士先生

代議士は北海道の片田舎で生まれた。本名は渡辺一法、貧乏寺の跡取り息子のはずであった。小さい頃から、「いっぽう」と呼ばれるのが嫌いであった。それでも、門前の小僧ならぬ、寺の跡取りとしてお経を習わされ、中学の頃には盂蘭盆に檀家回りをさせられていた。そんな時、同じ学校の生徒に会うのが嫌で嫌で堪らなかった。

一法は何とかしてこの寺から逃げ出したかった。高校に入ると、髪を伸ばし、エレキバンドに加わり、父親に反抗するようになっていた。終いには父親も一法のことを諦め、次男に寺の跡を継がす決心をした。その条件としては、一法が国立の大学に受かることであった。

一法は父親の許しが出た三年生になってからは、真面目に勉強した。その甲斐があって、補欠だったが、東北の北にある国立大学に合格することが出来た。人文学部・経済学科であった。大学は、旧制高校を母体に医学、農業、師範の高専が合体して出来上がった、所謂戦後の『駅弁大学』であった。

元々、何かを期待していたわけでもなかったが、大学も街もこれといった刺激はなかった。一法には、運動は苦手と言うよりも、軽蔑の対象でしかなかった。頭の中まで筋肉のような、知性のない人間は嫌いであった。

一法はいつも教室の隅にひっそりと座っていた。眠っていない証拠に、時々、その長い髪の毛を手で掻き上げていた。

その頃、中央の大学では、学生運動が盛んになっていた。私立の名門大学でも、日本を代表するような国立大学でも、激しい学生運動が行われていた。理由は、学費の値上げであったり、旧態依然とした大学運営に対する改革や、単なる学内や学生寮における自治の問題など、様々であった。

学生運動の主力が、既存の左翼政党の青年組織から、革命を旗印に掲げた、急進的な三派に移行していくにつれ、益々過激になっていった。所謂全共闘が学生運動の中核となってからは、大学紛争の火の手が一気に上がっていったのである。

それでも、この東北の片田舎にあるH大学は静かであった。

一法は、サークルに顔を出すようになっていた。十人くらいの先輩学生がいつも議論をしていた。話の内容は、「革命」「労働者」「大衆運動」「帝国主義」等が入り交じっていて、結局何を目指しているのか分からなかった。

一法が、真面目な顔で質問しても「君は青い、プチブルだ。そういう小市民的発想が駄目なんだ。自己批判しなさい」と言われるだけであった。

中でも、二、三歳年上のリーダー格の女子学生の話し方は攻撃的であり魅力的だった。一法は隅の方でそんな議論を黙って聞くだけであった。それでも時間が経つにつれ、次第に、仲間の議論に加われるようになっていった。

彼らにとって、学生運動は、政治活動でもなんでもなく、単なる自己表現の場に過ぎなかったのだ。いや、もっと言えば、青春のエネルギーの燃焼手段の一つに過ぎなかったのである。

そうしている間に、T大講堂における全共闘側の敗北が、かえって学生運動を煽り立てる結果になり、たちまち燎原の火のごとく全国の大学に広がっていった。

H大学でも全学共闘会議が結成され、密かにある計画が進められていた。

それは、前期の試験が一週間後に迫った日の夕方だった。キャンパス内をデモっていた学生の集団が、突然大学本部の建物に突入し、ゲバ棒を奮って占拠、バリケード封鎖をしてしまったのだ。中には、ヘルメットを被り、手にゲバ棒を持った学生たちが屯していた。大学側の人間が近づいても忽ちゲバ棒で追い返されるだけであった。彼らにとって目的はどうでも良かったのだ。ロックアウトが続いていた。

一法もサークル仲間と共にその中に立て籠もっていた。夜になれば、女子学生は男子学生とセックスをしていた。彼らにとっては革命ごっこに過ぎなかったのだ。

一法は、リーダー格の先輩女子学生に別室に呼び出され、そしてそこで初めてのセックスを経験するのであった。

一週間のバリケード封鎖の後、機動隊が導入され、一挙にロックアウトは解消された。しかし、不思議なことに、その前夜、何処からともなく情報が伝わってきて、皆は一斉に逃げ出していたのである。逮捕された者はだれもいなかった。

もっとも、一般の学生たちは、ノンポリか、心情三派か知らないが、面白がって見ているだけであったし、期末試験がなくなり、留年しなくて済んだことを喜んでいる輩も沢山いたのである。そういう意味では、『ねぶたまつり』の『跳人』と見物人が、真夏の夜の一時を熱に浮かされ、共に楽しむ姿に似ていなくもなかった。

夏祭りが終われば、秋が来て厳しい冬が訪れる。

やがて、全国の大学に広がった学生運動も下火になっていくと、反面、より過激な行動に走る若者たちが出てきた。

一法もその一人であった。学内でも、より過激な仲間数人とそのグループに加わっていた。何処から仕入れてきたのか、鉄パイプ爆弾づくりを手伝っていた。同じ学部のAとUはそれを持って上京していった。彼らは本気で革命を信じていた。

しかし、一法は彼らほど単純ではなかったし、そこからは、自分の全てを賭けるだけの情熱も大義も見つけ出すことが出来なかった。何だか、自分のやってきたことが虚しくなって、自然と学生運動や彼らの革命闘争から、離れていった。

ある日のことだった。学生食堂でテレビを見ていたら、臨時ニュースで、赤軍派の幹部を含めた残党の一斉逮捕と、内ゲバによるリンチ大量殺人が報じられていた。逮捕・連行される男たちの中に、AとUがいたのだ。髪も髭も伸び放題で、垢に染まって痩せこけた彼らの姿が映し出されていた。あまりにも惨めな姿であった。

一法は、下宿にある証拠になりそうな物、全てを捨ててしまった。

春がきて、四年生になると髪を短く刈って髭を剃り、学生服に着替えて、就職活動を始めた。幾つかの採用試験に落ちたが、最終的に、中堅どころの建設会社に採用が決まった。


昭和四十七年四月一日、新宿にあるT建設の本社で、入社式が行われた。

入社式の後、一法はW大卒の男と一緒に、人事課長に呼ばれた。

「君たちの経歴は全て知っている。言わなくても分かるな。過去は問わないが、これからは私らの言うことに百パーセント従ってもらいたい。嫌だったなら遠慮はいらない、即刻辞めていい。まあ、君たちを採用してくれる物好きな会社はないと思うがね」

一法は無言で頷いた。

人事課長の二人に対する命令は、組合の主導権を握ることであった。当時、T建設の企業内組合は左翼系の活動家に牛耳られていた。そうは言っても、相手はプロであり、新入社員の若造二人でどうこう出来るものでもなかった。人事課長は三年間の期限をくれた。

二人は、三年間必死に組合内部の切り崩しを図った。三年が過ぎ、四年目の春、組合幹部の選挙で二人は主導権を握ることに成功した。W大卒の男が執行委員長で一法が書記長であった。

実は、書記長が金と人事権を握っているのだ。

それからは、一法は同期入社の中で、断トツの評価を得るようになっていった。組合の書記長を辞めると、企画室に配属になった。

T建設は、戦後一代でここまで育て上げてきた創業社長が高齢で、世代の交代を迫られていた。息子が副社長として将来の後継を約束されていた。企画室は副社長直属の戦略部署と社内では見られていた。

土木・建設業界は、戦前からの大手ゼネコンに完全に握られていた。政治家や官僚とつるんだ彼らには、T建設のような中堅どころは全く歯が立たなかった。

副社長は若かった。土建屋の下請けから脱却したかった。そこで目を付けたのが、開発不動産である。

当時の日本人の誰もが中流を目指していた。いや、一部のマスコミは、もう既に中流であるかのごとく囃し立てていた。

しかし、映画やテレビに出てくる、欧米の中流階級のような暮らしが出来るはずはなかった。そこで小さな、しかしちょっと贅沢な、日常にない暮らしを求めていたのである。

綺麗な砂浜、プライベート・ビーチやマリン・スポーツが出来る場所。スキー場のあるリッチなホテル。夏の避暑地とゴルフ場。

リゾート施設の開発であった。

一法はそこでも頭角を現していき、いつからか、副社長の腹心の一人になっていた。そして遂に、副社長の社長昇任とともに、秘書課長に抜擢されたのであった。

一法は三十歳になった時、副社長の勧めで見合い結婚をしていた。相手は、大企業の役員の娘であった。都内に、無理をしてマンションを購入したが、半分以上は妻の実家の援助であった。

やがて、長女が生まれ、四年後に次女が生まれた。夫婦の仲はうまくいっているとは言えなかった。一法は子供たちが大きくなるにつれ、妻の貴族趣味が鼻についてきた。子供の教育方針でもぶつかることが多くなった。所詮、田舎の貧乏寺の息子とでは話が合うわけがなかった。

一法は毎晩遅く帰って来たし、土・日は社長の出張に同行するか、付き合いゴルフであった。次第に家に帰るのが疎ましくなっていた。

社内の別な部署の女性社員と親しくなって、ベッドを共にするようになっていた。

一法は、子供たちと遊んだ記憶がなかった。それでも下の娘は何故か、懐いてくれた。一度だけ、夏休みにキャンプに連れて行ったことがあった。キャンプ場で火を燃やし、飯盒炊爨やバーベキューは子供たちにとっても冒険であり、楽しそうであった。妻は長女にはバレエを、下の娘にはピアノを習わせていた。一法が口を挟む余地は全くなかった。

リゾート開発事業は年々拡大していった。T建設の業績はうなぎ登りであった。株価も四千円を付けていた。しかし、金融機関からの借り入れが急激に膨らんでいくのを、社内でも不安視する声が聞こえていた。

そして、その不安が現実になる日がやってきた。バブルの崩壊であった。平成二年、株価の大暴落から始まった。それに釣られるように、全ての不動差の暴落が続いた。

T建設も手持ちのリゾート関係の不動産を必死で売り捌こうとしたが、買い手がいるはずはなかった。誰もが同じことを考えていたのだから。

二年後の平成四年、バブルが完全に崩壊した。日本中、それこそ北は北海道から南は沖縄まで、累々たる屍が横たわっていた。いたる所に、乱開発の爪痕が無惨な姿で残されていたのである。

一法は社長の代理として、財務部長と共に、金融機関に資金支援を頼んで回っていた。しかし、メインバンクが手のひらを返すと、他の銀行も一斉に右へ倣えをするのである。結局待っていたのは破綻であった。

社長が責任を取らされて辞任すると、社内では、戦犯探しが始まった。一法はA級戦犯の上位にランクされていた。当然のように、降格され閑職に追われたが、同情してくれる者は誰もいなかった。それどころか、これまで親しかった社内の人間は、さわらぬ神に祟りなしで、極力一法を避けるようになっていた。権力の後ろ盾を失った者の悲哀を嫌と言うほど味わわされていた。

或る日、会社ではすることもなく、家に真っすぐに帰ると、玄関には、男物の靴があった。

「やあ、お帰り。久しぶりだな」

義父が独りで座っていた。妻も子供たちの姿も見えなかった。

「あー、お義父さん。お茶も出さずに、家内は？」

「いや、ちょっと俺の家に行っているよ。まあ、座りたまえ。話があるんだ」

一法には薄々見当はついていた。

「君も大変だな、T建設があなっては。この先どうするのかは知らないが、子供たちの面倒も見れないだろう。どうかね、俺に任せてもらえんかね。その方が子供たちも、いや、君も娘も幸せだろう」

「それって、僕に別れろということですか？」

「娘ともうまくいっていないんだしな。子供の養育費や慰謝料を出せなんて言わないよ。黙って、これに判を押してくれ」

義父の態度は尊大で、威圧的であった。テーブルに載せたのは離婚届であった。妻の欄には既に署名と捺印がしてあった。

一法には考える時間も躊躇うことも許されなかった。気が付けば、夫の欄に署名し印鑑を押していた。

「後で、荷物を取りに寄越すよ。このマンションは君にあげるよ。ここを追い出されては行く所もないだろうからな」

義父が出て行くのを、見送る気にもなれず、ソファーに座ったままであった。

家中の灯を点けても、寒々としていた。冷蔵庫から缶ビールを出して直接喉に流し込むと、背中に震えを感じた。ウイスキーをグラスに注ぎそのままストレートで飲むと、胃袋が熱くなった。二杯目をあおると、むせ返って鼻水と涙が同時に出てきた。鼻をかんでも涙は止まらなかった。一法、四十二歳にして味わった、初めての挫折であった。

次の日曜日、妻が子供たちを連れて戻ってきたが、一法とは一言も口をきかなかった。子供たちに、持って行く勉強道具を鞄に詰めることを命じていた。自分は、一緒に来た引っ越し業者にあれこれと命令していた。

「さあ行くわよ」

子供たちを急かせていた。長女は予め言い含められていたのか、黙って従ったが、次女の春香は事態を理解できないでいた。

「ねえ、お父さん、お父さんも一緒でしょう」

一法の腕を摑まえて引っ張るのであった。一法はなすがままであった。

「お父さん、お父さん」

娘の春香は大声を出して泣いていた。

「春香、早くおいで」

妻と長女は、泣きじゃくる春香の手を引いて出て行った。

引っ越し業者が帰った後には、何も残っていなかった。

翌日会社に退職届を出した。マンションも不動産屋に売ったが、残っていた住宅ローンを払うと、幾らも残らなかった。

仕事も、家も、家族さえ失くしてしまった。一からの出直しであった。


バブル崩壊後の日本は、どこもかしこも景気が悪く、良い就職口は見つからなかった。

ある時、ひょんなことから、労働組合系国会議員の私設秘書の口を紹介された。給料は安いし、身分の保障もなかったが、引き受けることにした。公設秘書には国家公務員並みの給料が支払われていたが、私設秘書は議員自身の活動資金から払うしかなかったのだ。

衆議院議員のS代議士は、関東のC県が選挙区であった。

戦後の五十五年体制が崩れようとしていた。所属する左翼政党はじり貧で、選挙のたびに議席を減らしていた。

一法の仕事は主に、地元の事務所のお守りであった。

代議士は選挙に落選すれば、ただの人どころかそれ以下である。S代議士は労組の出身であり、落選すれば戻る所もなく、すぐに食うに困るのである。選挙に勝つことが全てであった。

したがって、一法の地元での仕事は、支援してくれる労働組合を如何に繋ぎとめておくかと、地元の後援会の世話であった。その為にはお金が必要であった。一番重要な仕事は資金集めであった。労組からのカンパと後援会からの寄付金、そしてパーティー券の販売であった。選挙ともなれば、不眠不休で駆けずり回らなければならないのだ。勿論、一法は裏方であり、決して表に立つことはなかったが、最後にはもっとも危険な仕事が待っているのである。実弾をばらまくことであった。

政治資金規正法など、すかすかのざる法であり、事務所の裏帳簿は一法が全て一人で管理するようになっていた。お金なんか個人的に使おうと思えばどうにでも出来た。もっとも、そうでもしなければ、私設秘書の端金ではどうにもならなかった。

S代議士は二回続けて当選した後、落選した。次の日から一法は失業であった。

国会議員と名の付く人間は、七百人以上いた。その公設秘書や私設秘書の頭数はその数倍必要とされた。うまくできたものである。霞が関、国会議事堂の周りにはネットワークが出来ていた。

一法にもすぐに、別の先生から私設秘書の口が掛かってきた。今度は、保守党の代議士で、選挙区は北海道であった。

一法にとって、政党などはどうでも良かった。実際、左翼政党の代議士が本当に、働く者、貧しい者の味方とも思えなかった。政治家などという人種は、右も左も、所詮は自己顕示欲と、権力欲と金の亡者に過ぎないのだ。

道東にある、地方都市にN代議士の事務所があった。一法は何十年ぶりかで、北海道で暮らすことになった。私設秘書の仕事は、保守政党であろうと左翼政党であろうと変わるものではなかった。違いと言えば、金の出入りが全く違ったことであった。特に、政治資金として表に現れないお金の額は半端ではなかった。

保守党のN先生には、労組出身のような組織票はなかったから、それだけに、固定票を確保するためには日頃から金をばら撒いておく必要があったのだ。出るお金が多ければ、入るお金もそれに見合って作らねばならないのだ。

N先生は、党人派に所属する根っからの政治屋であった。戦後の政治を長い間牛耳ってきた、保守党の大物政治家の秘書からの叩き上げであった。

一法の最初の仕事は、地元選挙区での広報活動であった。要は、後援会巡りであり、老人会、婦人会、少年野球チームへの差し入れであった。町内会のお祭りには必ずなにがしかの寄付金を持って駆け付け、学校の入学・卒業式には代議士先生の代理で祝辞を述べ、冠婚葬祭には電報を欠かさなかった。ひたすら、フットワーク第一であった。

世の中には、こんなにも代議士先生を頼りにする人間がいるものだろうか。よろず相談ごとの引き受けであった。よくあるのが、子供の就職の斡旋、嫁の世話、私立の高校・大学の裏口入学等は可愛い方で、銀行からの借り入れ、土地の売買、企業買収になるとかなりきな臭くなるのだ。さすがに、交通違反のもみ消しだけはうまくいかなかった。

ここでも一法は、骨身を惜しまずよく働いた。やがて、N先生からの信頼も厚くなっていった。次に来るのは、お金集めである。

黙っていてもお金が懐に入ってくるのは、派閥の領袖くらいのものである。お金は、荒れ地を耕し、種を蒔いて肥料をやらねば収穫できないのである。

その為には、霞が関にいる東京事務所の秘書と、地元の秘書の連携が重要であった。手懐けた役人から、いち早く情報を取り、それを地元の関係者に仕掛けるのである。しかも、巧妙に、覚られぬように。

一法が最初に手掛けたのは、高速道路の延長であった。道路公団の民営化の話が取りざたされていた。それに慌てた、属議員たちが役所とつるんで無理やり予算化してしまったのだ。N代議士もその一人であった。北海道の原野、車の数よりひぐまやえぞ鹿の方が多かろうと、構いはしなかった。

公共工事は、入札が原則であったが、事前に見積額を手に入れ、入札不調にしてしまうのだ。これで、随意契約にすればこっちのものであった。中堅ゼネコンと地元土建屋が発注を取れば、億という裏金が回ってくるのだ。

次が、電力会社であった。発電所の建設には地元の承認が必要であった。地元の自治体の長に、政治的圧力をかけて承認させるのは難しいことではなかった。承認さえ得てしまえば、電力会社の自由であり、随意契約が高かろうが、電力料金に上乗せすれば済むことであった。

オール電化の家などと煽てられ、電気をありがたがって一生懸命使って、高い電力料金を支払うのは国民なのだ。最終的に、工事請負業者から、大枚の闇金が政治家の懐に転がり込んでくる仕組みであった。

もっとも、お金は循環するものであり、選挙のたびに地元にばら撒かれるのである。選挙民も当然のようにそれを期待しているのである。政治屋たちが皆そうであるように、一法にも罪の意識は欠片もなかった。

一番罪の意識に欠けるのは、その恩恵にあずかる選挙民かもしれなかった。日本の民主主義など、所詮その程度なのかもしれない。


ある時、一法は、霞が関にあるN代議士の事務所に来ていた。

座っていた隣の机の上に、ピアノ・コンサートの入場券が束になって置かれていた。何気なく手に取って見ていると、机の主である男が戻って来た。私設秘書の一人であった。

「一法さん、音楽に興味あるのかい。このピアニスト知っているかい」

「いやちょっとね」

「高橋春香って、最近売り出し中の女性さ。後援会筋から頼まれちゃってさ。どうだい一枚買ってくれない？」

一法は名前に心当たりがあった。昔別れた妻が、高橋という男と再婚したのは知っていた。歳の頃からして、六歳の時に別れたままの娘の春香に違いなかった。

「いいよ、貰おうかな」

「助かるよ。二枚どうだい？　いるんだろう、連れが」

「えっ。俺の猫は音楽聴かないからな。一枚で良いよ」

演奏会場は都内のコンサート・ホールであった。

当日、一法は、近くの花屋で、赤いバラの花束を買った。その時貰った、プレゼント・カードに自分の名前を書いて、ポケットに入れていた。ホールはほぼ人で埋まっていて、やっと後ろの方に席を確保することが出来た。入り口で渡されたプログラムに写っている春香の顔には、幼い頃の面影が残っていた。

演奏曲はモーツァルトのピアノ曲であったが、一法にはよく分からなかった。演奏が終わると、ホールは拍手に包まれていた。皆、立ち上がって拍手をしていた。

一法は花束を持って、恐る恐る楽屋に続く扉を押していた。少し、廊下を進むと、演奏者の控室であろうか、ドアが開いていた。そっと覗くと、若い女性が独りで座っていた。春香であった。

「あのう、失礼ですが、花束をお持ちしました」

一法は、怪しまれないように、ゆっくりと近づき花束を差し出した。

「あら、有難うございます。きれいな花ですね」

受け取る時に、にっこりと笑った女の顔は、まさしく娘の春香であった。何か言おうとした時、マネージャーであろうか、女が入って来た。

「春香さん、マスコミの取材がありますから、こちらにお願いします」

春香は、ちょっと一法に頭を下げると女と一緒に出て行った。

一法は、ホールを出て、地下鉄の駅に向かって歩いていた。駅に着くと、ポケットから渡しそびれたプレゼント・カードを取り出すと、ゴミ箱へそっと落とし込んでいた。

一法はそれからも一度だけ、春香のピアノ・コンサートを聴きに行ったことがあった。その時も楽屋を訪れて、花束を渡したが、名前を訊かれても、ただのファンだとしか答えなかった。

それから二年経ち、一法が出張で東京の事務所を訪れている時だった。

顔見知りの私設秘書が一法の顔を見て「一法さん、高橋春香が結婚するんだよ。知っている？　これから祝電を打つのさ」

「へー本当。ファンとしては残念だな。で、いつ、どこで？」

一法は心の内を覚られまいと、平静を装うのだが、最後の方は声が掠れてしまっていた。

都内の、ホテルに併設された結婚式場に一法がいた。教会の入り口の人混みの中に立っていた。春香が真っ白いドレスに身を包み、男の腕に手を添えて、バージンロードを歩いていた。男は、妻の再婚相手なのだろうが、本当ならば自分がそこにいるべきなのだ。

一法は胸が熱くなり、目に涙が滲んでくるのを止められなかった。他人に見られるのが嫌で、その場を離れていった。

やがて春香は新郎と共に、人々の祝福の花吹雪の中をゆっくりと現れた。春香が目を上げたその先に一法がいた。春香が微笑んでくれた。少なくとも一法にはそう見えた。

一法は、教会の外を俯きながら歩いていた。石畳には秋の木漏れ日が、所々に白い輪を作っていた。教会の方角からは、若やいだ声が聞こえていた。

一法が春香を見たのはそれが最後であった。何かで、春香がニューヨークに住んで、演奏活動を続けているのを知っただけであった。

それは突然やってきた。

N代議士が、札幌のホテルで急死したのである。実はその時愛人と一緒だった。救急車が呼ばれたが、到着する前に死んでいた。心臓発作であったが、変死として警察の事情聴取を受けなくてはならなかった。一法はマスコミ対策に奔走した。愛人のことは家族にも一切知らせていなかった。それが後々、N代議士の死に纏わる、黒い噂が流れる原因になってしまったのである。

葬式は、地元で盛大に執り行われた。一法は葬儀委員長として一切を取り仕切っていた。

葬式の翌日、Nの妻と息子と後援会との間で会議が行われていた。誰がNの跡目を継ぐかであった。地元の後援会は一法を推した。彼らにとっては、これまでの経緯を全て知っている、一法を後釜にするのが一番都合が良いのだ。それに対して、党の本部も北海道支部も異論を唱えてきた。それは道内の実力者とＮの妻との策略だった。もともと、Ｎの妻と一法とは反りが合わなかった。

Ｎの妻は当然の権利のように、自分の息子を跡目にすることを要求して譲らなかった。道内の実力者も一法外しを画策していた。勢力は拮抗していたが、敵は最後に奥の手を出してきた。それはマスコミを使った、Ｎの死に関する黒い噂であった。少なくともこの事件には一法が関与しているという、俗人が飛びつきたくなるワイドショー的なストーリーであった。

一法サイドは噂の打ち消しに躍起となるのであったが、もがけばもがくほど深みにはまっていくのであった。

一法はＮの愛人のことは口が裂けても言いたくなかった。それが男の矜持であった。とうとう諦めざるを得なかった。一度は夢見た国会議員であったが、夢は夢であった。

それ以後、後援会の勧めにも一法は首を縦に振らなかった。一法も、もうすぐ還暦であったし、実は、身の回りに検察の影が動いているのに気が付いていたのである。今だったら、全ての罪を死んだＮに擦りつけることが出来るのだ。

一法はＮのブラックマネーには一切手を付けないで、事務所を離れることにした。

一法はこのドロドロした政治の世界から、完全に足を洗うことにした。それが自分の人生に対するけじめのような気がした。

東京に出てきたものの、すぐにも生活に困るようになった。私設秘書には退職金も年金もなかったのだ。

知り合いの伝手を頼って、ＮＰＯ法人の事務所に勤めたが、これも如何わしい所であった。その後もＮＰＯ法人をいくつか渡り歩いた末に、このテント村に辿り着いたのであった。

第九章　一寸の虫にも

土手を埋めた雑草はまだ青々としていたが、川岸の葦原は枯れて灰色に変わっていた。空には刷毛で刷いたように、いわし雲が広がっていた。流れの緩やかな川面には、渡り鳥のつがいが餌を探していた。ここで冬を越す心算なのか、それとも一時、羽を休めているのであろうか。社長がテントの前で新聞を広げていた。倉庫からはごそごそ音が聞こえていたので、学者が商品の整理をしているらしかった。

「こんにちは」

中年の女が声を掛けてきた。後ろには若い男が付いていた。社長は、ずらした老眼鏡越しに、女に目をやった。

「お邪魔します。お一人ですか」

「ああ、まあそうだ」

応えてしまってから、テントの方を見やった。

「ここにお住まいですよね。ちょっとお話をお聞きしたいのですが、宜しいですか？」

「あんた誰。何の話かね？」

社長の声は訝しげに少し大きくなっていた。声が聞こえたのか、学者がテントの裏の方から顔を出した。

「私、怪しいものではありません。ルポライターの鎌田と言います」

女が二人に名刺をくれた。

「私の名前ご存じだと思うんですけど。雑誌や新聞に寄稿してますし、先日もNPテレビに出演しましたから。まあ要するにジャーナリストですわね。あー、それからこちらは私の専属カメラマン」

なるほど、見れば大型の一眼レフを首からぶら下げていた。

「それで、どんなご用件なのですか？」

学者が社長の代わりに訊いた。

「実は私、新しい企画で、都会のホームレスについてルポを書こうと思いましてね。こうしてその現場を当たっているんですのよ」

女は、そこにあった椅子を引き寄せると勝手に腰かけ、バッグから厚手のノートを取り出すと膝の上に載せていた。戸惑う二人を尻目に、インタビューをする心算らしかった。

「こちらには何人のホームレスの方がお住まいですか？」

「ホームレス、ホームレスって言うけどな、俺たちはここをれっきとした住居だと思っているんだ。それに俺個人のことは良いけど、他の人のことは応えられないよ。個人情報の問題だろう。本人たちが帰ってきたら訊いてくれよ」

社長の意外な言葉に女はちょっと鼻白んだが、すぐに学者の方を向いて質問してきた。

「貴方は？」

「まあ、ここには五人住んでいますけど」

「そうですわね。テントが五つありますものね。他の方は、いつお戻りですの？」

ちょうどその時、男たちが一緒に戻って来た。

「おっす。何だい、学者、お前にお客さんかよ」

「あー、これはどうも。女性の方で」

皆は面白がって、周りを取り囲んでいた。女は驚いたような顔を一瞬したが、すぐに「こんにちは。お邪魔しています」と椅子から立って頭を下げた。

「こちらは、ルポライターだって。ホームレスの特集だってよ」

「ちょうどいいわ。皆さんお揃いのようですので、お話を聞かせてくださいな。皆さんここは長いのですか。どうやって暮らしているのですか？　ご家族は？」

女は早口で捲し立ててきた。

「あのさー、ホームレス、ホームレスと仰いますけどね、俺たち本当はホームレスじゃないのよ。それと、俺たちの顔写真は絶対に撮らないでね。危険だからね」

駐在は真面目な顔をしていた。

「ホームレスでないと言いますと、じゃあ貴方はなんなのですか？」

「それはねー、他人に言っちゃーいけないのよ。聞いたらもっと危ないのよ。分かる？」

駐在の話を皆は面白がって、にやにやしながら聞いていた。

「絶対にテントの中を覗いちゃいけませんよ。危ないからね」

駐在は声を潜めて話を続けた。

「実はね、ここは、アジトなのよ。知っているでしょう、KGB、KCIA、北朝鮮、それと中国のスパイのね。勿論CIAもいますよ。見てごらん。皆、怪しい顔をしているでしょう。これ以上深入りすると、国家安全保障の機密情報に触れることになりますよ」

さすがに女は馬鹿にされているのに気が付いて、怒り出していた。

「ちょっと、人が真面目なルポを書こうとしているのに何なのよ。真面目に応えてよ。私は、貴方たちの為を思ってこの悲惨な状況を世の中に訴えようとしているのよ」

「へーそうですか。どうぞご勝手に。俺には興味ないね」

駐在がすまし顔で言った。

「俺もだな」

「暇人には付き合っちゃーいられないよ」

皆はテントに引っ込んでしまって、後には学者だけが残っていた。

「あなただけでも応えてくださいな。お願いよ」

学者は当惑した顔で立っていた。

「はあ、私の知っていることであればね」

「そう。じゃあ始めましょうね。あなたのこと写真撮らせてもらっていい。それから、この辺りの景色も」

「あ、それは拙いですね。肖像権の問題がありますね。それとここの景色も困りますね。すぐに場所が特定されますからね」

「そう、写真は駄目なの。じゃあ、年齢は？　皆さん六十過ぎよね」

「齢ですか？　それって重要な個人情報じゃないですか。応えられませんね」

「じゃあ、貴方の生まれた所も、今まで何をしてきたかも一切応えられないというわけね」

女は苛立たしそうに言った。

「そういうことになりますかね」

学者は気の毒そうな声で言った。

女は暫し腕を組んで考えていた。

「分かった。じゃあこうしましょう。ホームレスについて一般論を聞かせてくださいな。それだったら良いでしょう？」

「はあ、私で分かることであれば」

カメラマンは手持ち無沙汰と見えて、その辺りをうろついていた。学者は、女と向かい合っていた。

「貴方は、ホームレスについてどう思いますか？」

「どうって、随分抽象的ですね。僕は正直、ハウスレスと言って欲しいですね。要するに、住む家には金が掛かるということです。都会では、それも相当に高額の。それと、お年寄りは身元保証人なしでは借りられませんよね。それだけの話じゃないですか？」

「じゃあ、住む所さえあればホームレスはいなくなるというわけ」

「少なくとも、路上生活者はいなくなるでしょうね。後はコミュニティの問題じゃないですか。人はパンなしでは生きられませんけど、パンのみでも生きられず、でしょう」

「貴方が言いたいことはどういうこと。政治の貧困が問題なわけ、国に住む所を用意しろと言うの？　個人の責任はないの？」

「そうですね。憲法には、何人も文化的な生活を営む権利があると書かれていますよね。でも現実は違いますよね。世の中には、無年金者も沢山いるし、国民年金だって、健康保険料なんか引かれたら、絶対に生活していけないですよね」

「でも生活保護制度だってあるじゃない。もっとも、私に言わせれば、日本は面倒見過ぎよ。そこが大問題なのよね」

「あなたたちにはそう見えますか」

「だってそうじゃない。あなたたちは、今まで何をしてきたのよ。大体さっきの不真面目な男たちは何よ。皆、六十過ぎるまで何をやってきたのよ。私に言わせれば自業自得よ。日本はね、こんな人間にお金を使っている場合じゃないのよ。もっと国防に力を入れるべきよ。だから、半島や大陸の国から舐められるのよ」

女の苛立ちが、厚く塗った化粧の下から、目尻や口元の皺を覗かせていた。

「でもどうにもならない現実もあるじゃないですか。格差は益々広がっていくし、負の連鎖から抜け出られないじゃないですか。皆が皆、勝者にはなれっこないじゃないですか」

学者の話しぶりはいつもの通り冷静だった。少なくとも表面ではそう見えた。

「日本は自由主義の国なんですから、誰にだってチャンスはあるじゃないのよ。結局怠け者なのよ。努力もしないで他人のせいにする。国家がそこまで面倒見る必要はないわ。国家にはもっともっとやるべきことがあるんだから。言っちゃー悪いですけどね、都会にあるホームレスの住み家って、日本の恥よね」

女は、激しい調子で言った。学者は女の顔を思い出していた。確か、テレビで何度か見たことがあった。何かの討論会で、過激な国家主義的な議論を展開していたのだ。

「じゃあ、貴女の書こうとしているホームレスのルポって何なんですか。どんな答えを僕に期待していたんですか。如何に僕らが不真面目に生きてきたかですか。怠け者のくたばりそこないですか。それが貴女のシナリオですか」

「シナリオってどういう意味よ。だいたいね、貴方たちのような男がいるから、日本的な家族制度が崩壊するのよ。道徳的な価値観の欠如よね。ま、それもこれも、戦後教育が日教組に牛耳られてきたことが一番の問題ね。貴方たちのような不逞の人間を作り出してきたんですからね」

「日本的な家族制度を仰るんですか。それも教育のせいですか？」貴女は確か、バツイチでお一人ですよね。それはどうなんですか。

「話をすり替えるんじゃないのよ。甘えるんじゃないよ。ふん、ホームレスの次は、生活保護で、健康保険も払わないくせに病院代だの介護費用だの、国が面倒見ろだって？ 冗談じゃないわよ。そんな役立たずはさっさとフェードアウトしてもらいたいのよ。分かる？ この国からいなくなって欲しいのよ。そんな金があったら、もっともっと国防費に回すべきよ。隣の国なんかに舐められてたまるか！ 私はね、あんたたちのような男、負け犬が大嫌いなのよ」

女がヒステリックに叫ぶのに、男たちもテントから顔を出していた。

「それがあんたの本性か！ いつも過激な言動を弄して、読者のウケを狙った記事を書いて、何がジャーナリストだよ。あんたらがこの国をミスリードしているんだぞ。何が美しい国だ、何が道徳教育だ。自分は麻布の高級マンションでふんぞり返って暮らしているくせに、とどのつまりは、自己顕示欲と金の亡者じゃないか。お前なんかに敗者や弱者のことが分かってたまるか。さっさと消えていなくなれ。世の中のダニめが」

学者の握り拳が震えていた。顔面蒼白で、睨み付ける目が飛び出そうであった。こんな姿を誰も見たことがなかった。

「おう、おばさんよ。足元の明るいうちにとっとと帰りな」

球児のどすの利いた声がした。

女は怒りで顔を真っ赤にして立ち上がると、何か捨て台詞を残しながら大股で去って行った。

カメラマンが慌ててその後を追い掛けて行った。

皆は顔を見合わせてニヤニヤしていた。

「学者さんよ、迫力あったぜ。いや、お見事お見事。これからも頼むぜ、おばさん退治はな」

駐在が学者の肩を軽くたたいた。

学者は女の言葉を反芻していた。

(自業自得か。怠け者か) 自分のことを言われたことが、無性に腹立たしかったのかもしれない。


学者の本名は、田中一男。都心に隣接したS県の新興都市で生まれた。父親が市役所勤め、母親が専業主婦、親の期待に反して名前の通り、一人っ子であった。両親とも齢を取ってからの子どもであった為か、甘やかされて育った。

頭は悪くなかったが、飽きっぽかった。ピアノや水泳教室に通ってもどれも長続きしなかった。小学校でも中学校でも、クラスでは目立たないように、一番の関心事は虐められないことであった。

大学を出ていない父親にとって、息子への期待は並々ならぬものがあった。それが一男には大きなプレッシャーであり、物事に集中できない理由なのかもしれなかった。

それでも高校は、県下でも名の通った進学校に合格した。

一男にとっては、周りの生徒が皆秀才に見えていた。彼らの狙うべきは、旧帝国大学であり、名門私立大であった。一年生の一学期から競争が始まっていた。一男の成績は学年の後ろから数えた方が早かった。

どんな有名校でも、落ちこぼれや、悪はいるものである。一男はそんな連中とも距離を置いていた。ずる休みをしても、行く先は映画館か、川べりにある公園であった。本を読むのが好きだった。空想の世界は自由で、何処へでも行くことが出来るのだ。

昭和五十二年、一年浪人して、私立N大の法学部に合格することが出来た。

練馬の周りを大根畑に囲まれた辺りに、狭いアパートを借り、独り暮らしを始めた。

学園紛争は昔話であり、キャンパスは静かであった。一男は階段教室の後ろに座って、ぼんやりとしていた。心はいつも別の世界を漂っていた。

ある日、意を決して文科系のサークルを覗いてみた。女子学生が多かったが、ごつごつしていない自由な雰囲気が気に入って、足を向けるようになっていった。

そのうちに、リーダーの女子学生に気に入られた。髪を長く伸ばし、背が高い割には華奢でどことなく頼りない感じが、母性本能を擽るのか、一男はいつからか、リーダーのアパートに泊まるようになっていた。だからと言って、セックスに執着するわけでもなく、いつも何か別な世界を見ていた。それが年上の女にとっては、堪らない魅力なのかもしれなかった。

二つ年上の女との関係は彼女が卒業してからも続いたが、二年ほどして別れた。結婚を理由に女の方から去って行ったのだ。

一夫は四年間では卒業することができなかった。それから更に二年留年した後、大学を中退した。理由は特になかった。さすがに親から仕送りをしてもらうわけにもいかず、アルバイトで生活を凌いでいた。

N大学の学生には、司法試験を目指す者が少なくなかった。一男のクラスにも何人か挑戦している者がいた。勿論、在学中に合格した者もいたが、それは奇跡に違いなかった。五年、十年の覚悟は普通だった。

一男も司法試験に挑戦することにした。幸い、大学で必要な単位は取ってあった為、第一次試験は免除となった。

一男にしてはこれまでにないくらい勉強に身を入れていた。しかし、考えるほどには簡単ではなかった。筆記試験すら通らなかったのだ。

その間にも、生活をするためには働かなくてはならなかった。スーパーのアルバイトをしていた時だった。野菜売り場の責任者の女店員に目を掛けられた。アラサーの独身であった。遅番の時、帰り道を送って行ったのが切っ掛けであった。裸になると、肉感的で魅力的な女であった。一男には久しぶりの肉体であった。女が何度でも求めてくるのに応えてやった。

次の休みには、アパートを引き払って女の所に転がり込んでいた。女は献身的であった。少なくとも食べることには不自由しなかったはずなのに、試験勉強には身が入らなかった。女との間にあるのはセックスだけであった。

それから三度、司法試験に挑戦したが駄目であった。

やがて女とも別れる時が来た。女が別な店の店長に昇格して、引っ越すことになったのだ。一男が引っ越して行くのを女は黙って見送っていた。

一男はまた独り暮らしを始めた。気が付けば三十を過ぎていた。そろそろ司法試験を諦めるべき時期であった。

大学時代の仲間で弁護士になっている者の紹介で、法律事務所に勤めることになった。

仕事は、離婚の調停、破産手続き、遺産相続といった民事案件の事務処理であった。ちょっと法律的な知識があれば、後は慣れであった。生活は安定していたが、毎日が退屈であった。

事務所とアパートの往復の途中に、パチンコ屋があった。いつその前を通っても賑やかであった。これまで、一男はギャンブルには興味が湧かなかった。むしろ俗物的で嫌いであった。

事務所からの帰り、ふと足を止め覗いてみることにした。最初は玉の買い方さえ知らなかったが、見よう見まねでハンドルを回していると玉が入るようになった。ビギナーズ・ラックで五千円ほど勝つことが出来た。それから病みつきとなった。

世の中はバブルで浮かれていた。パチンコ業界もCR機の導入を機に、一回当たりの入賞球数を増やしたり、当たる確率を高くしたりして、よりギャンブル性を高くし、売り上げを伸ばそうとしていた。

一男は次第にパチンコの虜になっていった。一日でもやらないと手が震えて落ち着かないのだ。明らかにギャンブル依存症になっていた。

ギャンブルがゼロサム・ゲームである限り、そこから手数料や税金を引かれ、更に店の儲けを考えれば、長くやっていれば必ず損をするものなのである。それでも、自分だけは勝てるんだと思い込ませる何かが、そこには存在していた。魔物であろうか。

一男は次第にサラ金に手を出すようになっていった。

染物屋の手代が白い袴を穿いていてもそれほど問題でもなかったが、借金の取り立てが法律事務所に来るようになってはお終いだった。このままでは、自分で自分の破産申請書を書く羽目になってしまいそうだった。

そんな時、救いの手が伸べられた。しかし、その代償も大きかった。父親が急死したのである。父親は飽くまでも子供に甘い父親だった。一男の為に、少なからぬ財産を残してくれたのである。

サラ金の借金を返済しても、手元に金が残っていた。

母親に手をついて頭を下げ、父親の位牌に手を合わせて、二度とギャンブルに手を染めないことを誓うのだった。

それからは、サラ金の取り立てが来ることはなくなったが、さすがに居辛くなって法律事務所を辞めた。

一男は以前から、同じ事務所内にあった、税理士の仕事に興味を持っていた。税理士の一次試験は、経済学部を卒業していなくとも、弁護士事務所で三年以上の実務経験があれば免除された。後は、必須と選択の五科目に受かれば良いのだ。しかも一度に受かる必要はないのである。

一男は働いていた事務所の弁護士に、税理士事務所を紹介してもらった。そこで働きながら、税理士試験を受ける心算であった。

一男は真面目に働いていた。

しかし、内情を知ると、このさむらいたちの社会も一筋縄ではいかないことが分かってきた。税理士事務所の先生は、国税の特監上がりであった。退官する前からの営業活動の成果があり、大手上場会社の顧問税理士の口を幾つか持っていた。中小企業からの依頼などには美味しくないと見えて熱が入らなかった。興味があるとすれば、相続税の節税の相談であった。どうやらこちらは美味しい仕事らしかった。

一男が今更、税理士に合格しても、美味しい果実は食べられそうになかった。いつからか、税理士になる夢は捨ててしまった。

毎日、事務所ではつまらない事務作業に電卓を叩いて過ごしていた。

そしてほんの一回の心算で入ったパチンコが、悪魔を呼び起こしたのだった。気が付けば元の木阿弥になっていた。いつの間にか、多重債務者リストに名を連ねるようになっていた。破滅が迫っていた。

今度は母親が亡くなった。危篤の知らせで病院に駆け付けた時には、手遅れだった。ひっそりと葬式を済ませた後、実家を処分する為に書類を整理していた。母のタンスの引き出しに、自分宛の手紙が入っていた。母が病院に入る前に書いておいたものであろうか。


――一男　私はもう長く生きられないが、お前のことが心配で死ぬに死ねません。どうか、ギャンブルだけはやめなさい。父さんの位牌に誓ったはずでしょう。これからお前が全うに生きていくことを信じています。

母より――

一男の目から涙が零れて、手紙を濡らしていた。文字が滲んできて読めなくなった。その場に座り込んだまま長い間動けなかった。

とうとう父も母もいなくなってしまった。自分を諭し諌めてくれる人間は、もう何処にもいないのだ。

母の納骨を済ませた後、家を処分した。


一男も気が付けば不惑を幾つか過ぎていた。

税理士事務所を辞めてから最初に見つけたのは、私立の学校法人であった。戦後、女子高として創立された学校であったが、創立者の跡を継いだ現理事長が、中高一貫教育を目指して拡張したのであった。しかし、事業計画の稚拙さが響いて赤字経営が続いていた。

一男の仕事は、学校法人の会計主任であったが、法律事務所と税理士事務所で働いた経験は大いに役立っていた。

理事長は創立者の娘であり、五十前の女盛りであった。

私学の場合、往々にあることであったが、教育現場と法人の事務局側との間に断層があった。校長は創立者の娘婿、つまり理事長の良人であったが、全くの飾り物であり、結局、学校経営について、理事長には誰も逆らえない状況にあったのである。

理事会が開催されていた。

一男も事務長の隣に座っていた。議題は赤字経営の改善策についてであった。

校長・教頭の現場サイドからは何らの対策も提言されることはなく、事務長は相も変わらず経費の削減を口にするばかりであった。外部の名ばかり理事などは、役に立つはずもなく、出席者は皆、ひたすら嵐の通り過ぎるのを待っていた。

理事長は苛立っていた。眉間に皺をよせ、ヒステリー症状の前兆であった。

「話はそれだけですか。そんな話は聞き飽きたのよ。もう少し具体策はないの。このまま赤字が続くと大変なことになるのよ。この学園を閉鎖しなくてはならないのよ。危機感があるの？……そうだ、会計主任の田中さん、何か意見は？」

皆の目が一斉に末席に座っている一男に向けられた。心の中では、この閉塞感から逃れられることを期待する者と、新参者に何が分かるかという否定的な思いが交錯していた。

一男はゆっくりと立ち上がり、正面の理事長を見据えていた。

「私に考えがございます。学校法人も一つの企業経営と考えますと改革は容易かと思いますが……」

「遠慮は要らないから、続けて」

「では申し上げます。企業経営の原点は、ご存じの通り、入るを量り、出ずるを制することでございます」

「ふん、そんなことは分かっておるよ」

小さい声が何処からか聞こえてきた。

「そう、分かっていることが何故できないのかです。もう一度考えてみましょう。収入を増やすには、生徒の親からもっとお金を頂くことですよ」

一男はそこで話を止めて、出席者を見回した。

「皆さんは、何を馬鹿なとお考えですね。そんなことをしたら、生徒が集まらなくなると言いたいのですよね。違いますか？」

「君、その通りだよ。話にならんよ」

教頭が理事長の方に目線を送りながら言った。

「まあ黙って聞きなさいな。それでどうするの？」

理事長が促した。

「皆さんは、我が学園の生徒が進学塾に通っているのをご存じですよね。教頭先生、校長先生どうですか？」

「そ、そりゃそうだろうな」

校長が教頭に相槌を求めるように言った。

「じゃあ、何割ぐらいが通っていますか？」

二人とも顔を見合わせていた。

「私は塾へ行って調べてみたのですよ。幾つか塾がありますが、全部合わせますと、一年から三年までで約三割の生徒が進学塾に通っていますね。三年生になりますと半分ですね。この数字をどう思いますか」

「しかし、我が校は塾じゃあないからな。れっきとした文部省の認可を受けた高校だからな。

そんなことをして私学助成金がもらえなくなると困るよ」

「助成金だってもっと貰う方法がありますが、それは次回のテーマとして、進学塾です。進学塾を別法人にすれば済む話じゃないですか。進学塾の許認可なんて簡単ですよ。当学園の生徒、二千人の三割、少なくとも五百人の生徒が進学塾を必要としているんですよ。毎月一人一万円集めてごらんなさい。年間六千万円ですよ。教える先生は、外部から講師として呼べばいいんですよ。放課後の空き教室を使えば良いのだし、それ以外の経費は要らないじゃないですか。ざっと計算しても、数千万円は残る勘定ですね」

「それは凄い。早速検討しなさい」

鶴の一声である。

「次は、支出を減らすことですね。この学園の経費は、償却費を除きますと、八割は人件費です。ここにメスを入れることです」

「ちょっと待てよ。先生の給料を減らせと言うのかね。君、馬鹿を言っちゃーいかんよ」

校長が憮然とした顔をして言った。

「だれも給料を減らすなんて言っておりません。この学園には事務の方や守衛さんまで含めると、百三十人もの教職員がいます。この人件費合計は年間、六億五千万にもなっています。これを、二年以内に三割の方を契約職員に換えてもらいます。それで数千万の人件費カットが出来ます。ここには組合もありませんし可能ですよね」

「そんな無茶な。無茶だよ、君」

「無茶じゃないでしょう。だいたい教頭、貴方たちは先生の勤務評定をしているんですか。『でも・しか先生』を雇っておく理由はありません。早々に取り掛かりなさい。これは私の命令ですよ」

理事長の一言が全てであった。

二年間で四割の先生に辞めてもらった。理由は、勤務評定が悪いという理屈であった。その穴を外部の非常勤講師が埋めていった。

教室を使った進学塾も順調だった。

一男が来て三年目で学校法人の収支が黒字に変わった。このまま行けば、数年で借金の全額返済が出来る見通しとなっていた。一男は理事長の覚えめでたく、事務長代理の肩書を貰っていた。

しかし、世の中はそう甘くはなかったのだ。

教職員のモラルが低下すれば、すぐに教室に影響が出るものである。学校が荒れだした。生徒の不祥事が頻発するようになっていった。

理事長に対する、教職員や生徒の父兄からの突き上げが激しくなっていった。それに対して、理事長がとった行動は、スケープ・ゴートを作ることであった。一男にすべての責任が転嫁され、クビを言い渡されたのだった。

一男は五年間勤めた学園を後にした。いや、正しくは追放されたと言うべきか。

次の働き口は、宗教法人であった。

静岡県G市に本山を置く新興宗教で、女を教祖に、信徒の数一万人と言われていた。

採用の際に言われたことは、「宗教法人も企業と同じで、企業秘密があるから守秘義務を守ること」であった。実際に誓約書を書かされたのである。

教祖のお告げはよく当たるとの評判で、近隣はもとより、遠方からもその御利益を求めて、悩める人々が押しかけてきた。

一男の仕事は、会計係の他にもう一つあった。それは、言われてみれば適役かもしれない。命じられたその日から、期待以上の役目を果たしたのだから。

悩める老若男女、八割はおばさんだったが、お告げを聞きたくて来るのだ。教祖様からお告げを聞くには、それなりの手順を踏まねばならないのは当然のことであった。

誰もが一時間は、次の間で待たされるのだ。

数人のおばさんが順番を待っていた。その中に、しょぼくれた顔色の悪い、どうにも大凶を背負ったような男が交じっていた。

「あーあ」

男は何度か溜め息をついていた。隣のおばさんが気の毒そうに、男を見やって話し掛けてきた。

「何かお悩みですか？」

「いえ、ちょっと。……実は身体の具合が悪くて。病院に行っても埒が明かないんですよね。どうしたんでしょうね」

「そうですか。ご心配ですわね」

「はい、有難うございます。貴女様のお悩みは？」

男は遠慮がちに小さな声でおばさんに訊ねた。

「私はね、息子のことが心配でね、来たんですの」

「そうですか。で、就職のことですか？」

「そうなのよ。二十三になってもね、閉じこもりなのよ。将来を考えるとね、心配で心配でね」

おばさんは、バッグからハンカチを出して目頭を押さえていた。

男の反対隣のおばさんが話に割って入ってきた。

「あらまあ、それは心配でしょうね。実は私は娘なのよ。これが変な男に引っ掛かってね、家を出ったきりなのよ。どうしたものかと思いましてね」

「いや、ここの教祖様のお告げは当たるそうですから、先ずはお聞きしましょう。ありがたや、ありがたや！」

そうしているうちに、扉が開き、巫女のような衣装の若い女が現れ、「×××さん、どうぞ中へお入りください」

厳かに告げると、件のおばさんは静々と従って中へ消えて行った。

「漸く始まりましたね。あなたの悩みも早く解決すると良いですね」

男は、また別の女性に話し掛けていた。

「私はね、恥ずかしい話ですが、夫の浮気なんです。若い女に誑かされているんですの。悔しいじゃありませんか」

話すうちに女の眉間に皺が寄っていた。

「そうですか。きっと教祖様が何かいい知恵をお教え下さるでしょうから、もう少し待ちましょう」

閉ざされた部屋の中に、同じ境遇の人間を押し込めると、意外と連帯感が生まれるものなのか、口が軽くなっていた。

教祖様の御座所には、おばさんが畏まって座っていた。

教祖様はゆっくりと、細くて長い煙管から煙を吐き出し、目を瞑り、恍惚の表情であった。おばさんからは見えないが、何か鏡か玉が手元に置かれているのか、時々目を開けては覗いていた。教祖様の口から祝詞か呪文のような呻き声が聞こえていた。

暫しの静寂があった。

「×××さんですね」

「はい、そうです」

おばさんは頭を床に擦りつけていた。

「あなたの悩みは、息子さんのことですね……二十三になりますね」

厳かに、一言一言噛み締めるような言い方だった。

「息子さんが暗い部屋にいるのが見えます。狭い部屋に……」

おばさんは畏れ慄いて、平蜘蛛のようにへばり付いていた。

「心配ない。そのうちに外へ出るようになります。構わないことです。その代わり、貴方は朝夕、数珠を使って祈りなさい。さすれば心が晴れるでしょう……ありがたや、ありがたや!」

教祖が何やら呪文を唱え出すと、先ほどの巫女が現れ、おばさんを立たせて別室に導いた。

「お告げをお聴きになりましたですね」

巫女が厳かに言った。

「はい、有り難いお言葉でした」

「では早速、教祖様が下さいました数珠を渡します。これで、朝晩お祈りをしてください。宜しいですね」

「はい、仰せの通りにいたします」

「では、数珠の御霊料としまして、十万円頂きます」

「えっ、十万ですか？」

「その代わり、貴方が信徒さんを一人獲得しましたなら、二万円お返しします。五人信者さんが増えたなら、そうです、ただになるわけです。お分かりですね。決してこれは金儲けではありませんからね。一人でも多くの悩める方々をお救いするのが、教祖様の本望でございます。ありがたや、ありがたや！」

からくりは簡単だった。次の間に、隠しカメラが仕掛けてあったのだ。一男の役目は立派なさくらであった。

数珠やお守りを信者に売りつける、マルチ商法であった。

一男もさすがに危うさを感じて、二年働いてそこを辞めた。その半年後に、教団の幹部が逮捕されたのを新聞で知った。

その後も、幾つか職場を転々としたが、何処も長続きしなかった。

一男は体の変調を感じていた。眠られない夜が続いていた。昼間はぼんやりしていることが多く、何かを考えると、必ず奈落の底に引きずり込まれる気がしていた。明らかに鬱の状態であった。

働かなければ食えないのだが、一日中狭い部屋で寝転がっていた。何もかもが嫌になってしまった。

一男は当てもなくアパートを出ると、いつの間にか電車に乗っていた。電車が「ゴー」という音を立てて鉄橋に差し掛かっていた。窓の外には大きな川が流れていた。

一男は次の駅で電車を降りると、川に向かって歩いていた。堤防を越え、川岸に向かって歩いていた。一男の目には何も映っていなかった。

葦原を越えた川岸で、社長が薪になる木を拾っていた。もう既に何回かテントまで往復していた。大きな丸太が一つだけ残っていた。

社長は岸辺に座ったまま動かない男の後ろ姿を見詰めていた。仕事を始めてから、小一時間座ったままであった。

社長はそっと男の後ろから近づいていった。

「ちょっと、あんた」

男を驚かせないように低い声で呼んだ。

男は驚いたふうもなく、ゆっくりと顔だけこちらに向けた。

「ちょっと手伝ってくれないかな。こっち、こっち」

社長が手招きすると、男は黙って立ち上がり社長の後ろを付いてきた。

「さあ、この丸太を持って。……良いかい？」

男が後ろを、社長が前を持って歩き出していた。葦原の中の踏みつけ道を進むと、やがていくつかのテントが張られた広場に出ていた。

「よーし、ここに置くぞ。いいかい？　せーの！」

丸太を放すと「ゴロン」と音がして転がった。

「さてっと。次はのこぎりだな」

社長が、のこぎりを男に手渡し、丸太を切る仕草をしてみせた。言われるままに、男は丸太に片足を乗せ、のこぎりをひきだした。男の黒い革靴には泥がこびり付いていた。

男の傍で社長が薪を割っていた。

一時間ほどで、丸太は五個の太い切れ端に変わっていた。男は額の汗を拭き、豆でも出来たのであろうか、手のひらを見詰めていた。

「やあ、ご苦労さん。まあ座ってお茶でも飲んでくれよ」

社長が魔法瓶から、湯呑み茶碗にお茶を注いで男に渡した。男は黙って受け取ると、お茶を啜った。

「外の空気は旨いだろう。汗を掻くのも良いもんだろう」

男は黙って頷いた。男の蒼白い顔が少し上気して赤くなっていた。

「もうすぐ日も暮れるわ。どうだい、ここに泊まっていくかい？」

社長の言葉に、男は素直に頷いた。

次の日から一男はこの村の一員になった。誰が付けたのか、「学者」と呼ばれるようになっていた。

第十章　空き巣狙い

男たちが堤防の土手に集まって、何かに見入っていた。社長が腕組みをして立っていた。そのそばに、代議士がしゃがんで両肘を膝に乗せ、頬杖をついていた。

「もうそろそろだよね」

「うん、そろそろだな」

草むらに半分隠れているのは、深緑色をした大きな南瓜だった。春に、代議士が何処かで貰ってきた種を、土手の日当たりのよい所に蒔いたのだ。何粒か蒔いたのだが、鳥にでも食われたのか、芽を出したのは結局一株だけであった。何故かその一株がすくすくと育ち、大きな実をつけたのである。

「しかし大きくなったもんだな。これって旨いのかな」

「どうかな。土手で育ったから、どでかぼちゃかもよ」

駐在が駄洒落を言った。

「皆がここに立ちションをするからさ。栄養が行き届いたのよ」

代議士が軽くたたたくとポンポンという音がした。

「代議士先生、どうする。食べるか？」

社長が腕組みしたまま、重大な決断を促すかのような難しい顔で言った。

「そうだな、西洋じゃあハロウィンの時期だしな、今夜あたり収穫祭といくか。テント村の豊年まつりかな」

代議士が立ち上がり腰を伸ばしていた。

「よーし、そうと決まれば善は急げだ」

球児が両手で持ち上げるとずっしりと重そうであった。

早々、代議士が料理に掛かろうと包丁を立ててもびくともしなかった。鉞を振り下ろすと二つに割れ、中は見事な橙色であった。

三十分後、大鍋の蓋を取ると湯気がたちのぼり、甘い香りが鼻を突いた。中には黄金色の南瓜の切り身が所狭しと犇めき合っていた。

代議士が厳かな顔をして手に持った南瓜に喰らい付いた。

「熱い。へほはほ、旨い」

皆も一斉に手を伸ばし、南瓜にかぶりついていた。

「うーむ、旨い」

「本当だな。栗より甘い十八里ってところかな」

「代議士先生、南瓜の料理手慣れたもんだぜ」

「ああ、俺の実家は貧乏寺で、裏の墓地の隙間に南瓜をよく植えたからな。腹が減ったら、南瓜とジャガイモを煮て食うのさ」

「そうだな、俺もそうだったよ」

社長が続けた。

子猫の太郎も、球児の手から南瓜の欠片を貰って食べていた。

お終いには、誰の手も口の周りも黄色に染まっていた。何だか身も心も温かだった。


その日は、朝から冷たい雨が降っていた。季節を問わず、雨は村の住人にとって生活を脅かす元凶であった。皆はタープの掛かった火の周りに集まって、夕食の準備をしていた。いつものように、用意の出来た者から、勝手に食べ始めるのだ。いずれ中身は粗末なはずだったが、それでも辺りには食べ物の匂いが漂っていた。子猫の太郎が球児のテントから飛び出してきた。

雨に煙って灰色に沈んだ河川敷でも、そこだけが人間の生活の息吹が漂っていたのだ。

「ちょっくら火にあたらせてもらえんかな?」

近づいてきたのは、小柄な男だった。野球帽を被り、背中に袋を背負った他は手ぶらで、傘も持たなかった。

皆の視線が男に注がれた。

「ああ、いいよ」

間を置いて、最初に声を発したのは社長だった。

「濡れたろう。火の傍に寄りな」

「お食事のところすいませんね。お邪魔します」

男は遠慮がちに、社長が空けてくれた隣の席に座ると、濡れた帽子を脱いで火にかざしていた。薄くなった髪の毛も、口の周りの無精ひげも白かった。背負い袋から、薄汚れたタオルを取り出し、顔や手を拭いていた。

「雨の日は嫌ですね。私らには泣きですよ」

皺の多い顔としゃがれた声から察するに、七十過ぎであろうか。何者であるかは、言われなくても分かっていた。

皆は食事が終わっても、何となく男のことが気になって話が弾まなかった。その場を察して、男に話し掛けたのは社長であった。

「どうだい、景気は？」

「ここんとこ、さっぱりですわ。世の中不景気で顎が干上がっちまいやすよ。おまけに雨とくりゃ、泣きですわ。土方殺すにゃ刃物は要らぬって―言いますがね。こちらの皆さんはどうですか。お見かけしたところ暖かそうですが」

「そう見えるかね。……あんた、生まれは東京かい？」

「お見それしました。お察しの通りです。あっしは、江戸っ子、と言っても亀有の生まれですがね。若い頃は鳶をやっていましてね。皆さん、東京タワー、あれは誰が建てたと思います？」

「……」

「あっしらのような鳶が建てたんですよ。分かります？　それから、橋ですなー橋梁。北は北海道から南は九州まで日本国中回りましたよ。良い金になりましてね、その土地土地で旨い物を食い、旨い酒を飲んでね。ねえちゃんもいましたなー。こう見えてもねえ、あっしは女にはもてましてね。へっへ、良い時代だった」

身振り手振り、口の軽い男だった。

「そうかい、鳶かい。昔はさぞかし羽振りが良かったんだろうね。いや、羨ましいね」

「それで鳶の親方、今は何をしてるんですか？」

「今か、見た通りその日暮らしさ。高い所はもう駄目だ。眩暈がしてな。落ちぶれたもんさ」

それまでの威勢の良さはどこへ行ったやら、声も顔も、身体全体が急に萎んでしまったようだ。

「まあ誰でも齢を取るのさ。しょうがないべよ」

社長が慰めるように言った。

親方の話が続いていた。辺りはいつの間にか暗くなっていた。最初は興味深げに聞いていたが、そろそろ他人様の自慢話など聞き飽きてきた。そんな話、誰も信じちゃいなかった。自分自身のこれまでの境遇を思えば、他人の自慢話など苛立たしいだけであった。

親方は動こうとしなかった。皆は最初から分かっていたのだ。男の動かない理由を。

その場には、いつの間にか気まずい空気が流れていた。

「雨も止みそうもないな。あんた今夜の宿は？」

社長だった。

「特に当てはないんですがね。……まあ何とかなりますよ」

強がっている割には情けない声だった。沈黙が流れた。

「どうだい、今晩一晩俺の所に泊まるかい？　倉庫の隅っこに寝るスペースくらいあるだろうよ」

「えっ、良いんですかい？」

弾んだ声であった。

「ああ、構わないさ。駐在、お前んとこに使い古しの毛布あるだろう。一枚貸してやれよ」

「うん、良いぜ」

「皆さん、有難うございます。助かります」

親方は立って皆に頭を下げていた。

「ところで、あんた、飯は？」

「いや、実はまだなんですが……」

もごもご言うのを、お終いまで聞かずに、社長が立ち上がって自分のテントへ消えた。戻ってきた時には、手に小さな鍋を抱えていた。

「残り物のお粥だけどな。温まったら食えよ」

親方は、鍋から直接スプーンで食べ始めた。誰かが梅干を一粒お粥に載せてやった。一心不乱にスプーンを口元へ運んでいた。そして時々むせ返っていた。

「ほい、お茶」

球児が茶碗にお茶を注いでやった。

「すいません。助かります。今朝から何も食べていないもんですから」

「良いってことよ。武士は相身互いって言うしな」

ひたすら頭を下げる男に、社長の目はいつものように優しかった。

翌日から親方はテント村に居候を始めた。朝早く起きて、水汲み、薪割り、火おこし、皆の洗濯までかって出たのだ。勿論、見返りに三度の食事のお裾分けにあずかった。それでも、仕事探しなのか、日中は社長の自転車を借りて街へ出かけて行った。

それが一週間も続いたであろうか。突然親方が目の前から消えてしまったのだ。自転車に乗って出かけたきり、夕方になっても帰って来なかった。

その日は誰もさして気にもしなかった。

翌朝だった。テントから代議士が飛び出してきた。

「おい、俺の一張羅の背広がないぞ。誰か知らないか？」

次に大声を上げたのは、駐在だった。

「やられた。俺の靴がない」

暫くして球児が、

「俺も鞄をやられた。ちきしょう、貯金通帳とハンコが入っていたんだ」

社長も学者も出てきた。

「私は六法全書を盗まれました」

「そうか、自転車に乗って逃げられたか」

「あの野郎！　鳶の野郎め、恩を仇で返しやがって。捕まえたらただじゃおかないぞ」

「よりによって、俺たちから物を盗むなんて、泥棒の風上にも置けない奴だ」

「見つけたら容赦しないぞ。簀巻きにして川に放り込んでやる」

なまじ仏心を掛けたばかりに、悔しかった。自分たちよりも憐れな存在に施しをすることで優越感に浸っただけに、腹立たしかった。しかし悔しがっても、自分自身に腹を立てても後の祭りだった。敵はテント村の住人が、空き巣の被害を警察に届けないのは先刻お見通しだった。

数週間が過ぎ、誰も男のことを話題にしなくなった。いや、努めて忘れようとしていたのだ。

朝飯の後、いつものように新聞を読んでいた社長の老眼鏡越しの目が一点で止まった。

「おい、あの男だ。鳶の野郎が警察に捕まったぞ」

「えっ、本当かい？」

「ああ、ここに写真も出ている。間違いない」

「どれどれ、俺にも見せてくれ」

皆が社長の手元の新聞に目を注いでいた。

――空き巣常習犯御用となる
東京生まれ、住所不定無職、前科五犯、本名　熊沢金五郎　七十二歳　去る十一月××日の夜十二時頃、千葉県M市××宅に家人の留守を見計らって忍び込み、金品を盗み、逃げるところを巡回中の警察官に逮捕された。現在、××署に於いて余罪を追及中――

「あの野郎、前科五犯の空き巣のプロだってよ。道理でな」

「しかし何も俺たちから盗まなくたっていいようなもんだぜ」

「本当によー、癪に障るぜ」

せっかく忘れかけていたことを思い出させられて、腹立たしさが再び込み上げてくるのだった。

それから何日か経った日の午後だった。土手を越えて、数人の男たちがテントに近づいてきた。その中に小柄な男が交じっていた。男の背中に寄り添っているのは、制服の警官だった。どうやら男の両手には手錠が嵌められているようだった。

最初に気付いたのは駐在だった。

「あっ、あの野郎、俺の靴を履いてやがる」

社長も学者も立ち上がっていた。

背広にコートを着た男が内ポケットから黒い手帳を出し、話し掛けてきた。

「××署の者ですが、この男をご存じですか？　実はこの男窃盗犯でしてね、或る事件で捕まったんですが、余罪を追及しているんですわ。こちらにも立ち寄ったと言うんでね、何か盗まれた物はありませんか？」

三人は小柄な男の顔を見ていた。帽子は被っていなかったが、鳶の親方に間違いなかった。うなだれて、時々上目遣いで三人の方を盗み見るその姿は哀れであった。萎んでしまった、七十過ぎの老いぼれの姿そのものだった。

刑事に応えたのは社長だった。

「ええ、刑事さん。確か十一月の××日だったと思うけど、この男を泊めてやりました。でも、盗まれた物は特にありませんですね。皆どうだい？」

「ないですね」

駐在が応えた。

「そうですか？　実は捕まった時、この男自転車に乗っていましてね。問い詰めたら、こちらから盗んだ自転車だと言うものですからね」

「確かに、自転車を貸しました。昼間仕事探しに使うと言うのでね。そのうち返してくれると思っていましたから。別に盗難届を出すほどのものでもありませんしね」

「まあ貴方がそう仰るなら、それでも構わないですがね」

刑事は口元に皮肉そうな笑いを浮かべていた。他の刑事も、制服の警察官もニヤついていた。その薄ら笑いが何を意味するのかは見え透いていた。

「すいませんが、この男が泊まっていたのは何処ですか？　ちょっと見せてください」

「ああ構いませんよ。見てもらっても」

社長が先に立って、倉庫のテントを開けて見せてやった。

「おい、ここに間違いないか？」

刑事が男に問いかけると、

「へい、間違いございません」

男はぺこりと頭を下げた。

「ついでに他のテントも見させてもらえますかね？」

刑事が嫌な目付きで訊いてきた。

「別に非合法な物を隠しているわけではありませんが、お断りします」

学者だった。

「怪しい物がなければいいじゃないですか。見るくらい」

「プライバシーの問題です。ここは各々の定住の場ですから、立ち入るには捜査令状を貰ってきてください。お分かりですよね、令状なしで立ち入った場合どうなるかは」

学者は毅然として言い放った。

刑事はムッとした顔をして、何か言いたそうだったが、

「まあいいでしょう。じゃあ、盗難届は無しですかな」

「被害はありません。どうぞお引き取り下さい」

社長が言った。

「じゃあ帰るぞ」

刑事は学者の方を一瞥すると、他の仲間を促し土手を登って行った。男は一度だけ振り向くと、三人に向かって頭をぺこりと下げた。やがて、男たちの姿が土手の向こうに消えて見えなくなった。

「やれやれだぜ」

「勝手に盗まれた物はないって言っちゃったけど、良かったのかな？」

「いいんじゃないすか。俺たちも、叩けば埃が出ないわけでもないしな。それに……」

駐在がお終いまで言う前に、社長が、

「あの男、俺と同じぐらいの歳で、これからムショ暮らしはきついよな」

「そうですね。前科があるのであれば、懲役五年の実刑は堅いでしょうからね」

「生きて出られないかもしれないな」

社長はじっと立ちすくんだまま男の消えた方を見詰めていた。

「刑務所じゃあ、寝る所とおまんまの心配は要らないだろうがな。……でも、やっぱり自由が良いよな。話し合える仲間がいいよな」

駐在の言葉に学者も頷いていた。

第十一章　泡沫のように

秋が過ぎれば嫌でもまた冬がやってくる。

冬が来ても、男たちの暮らしが変わるわけではないが、自然の中にいれば、暖が恋しくなるのは当たり前であった。男たちは、火盥の周りを取り囲んで、大鍋をつついていた。辺りには、肉と野菜の旨そうな匂いが立ち込めていた。

「こんにちは」

目の前に、おばさんが二人立っていた。

「なに。何ですか？」

誰かが訊ねた。

おばさんたちは恐れるふうもなく、近づいてくると、

「私たち、『NPOホームレスを救う会』の者ですが、ちょっとお邪魔してよろしいでしょうか」

「へー、NPOだって。NPOは代議士先生の専門だよな」

駐在がニヤニヤしながら言った。

「ＮＰＯの方ですか。それはご苦労様です。で、どんなご用でしょうか？」

代議士は丁寧な口をきいた。

「皆さん、ここにお住まいですか。これから冬にかけて大変でしょう。もっとちゃんとした家に住みたくはございませんか？」

「ちゃんとした家って？　これでも快適なんですがね。我々のモバイル・ハウスは」

「そうは言っても、ここは河川敷のテント村でしょう？」

「そう見えますか？　ここはフリーゾーン、分かりますか。ベトナムで言えば解放区、パリの五月革命ならカルチエ・ラタン、自由村ですよ。ここには憲法もありますしね。立派な独立文化村ですよ」

「でもこの辺は物騒じゃないですか。最近、ホームレスの人が襲われたりしますしね」

「大丈夫ですよ。いざとなれば自分たちの身は自分たちで守りますから。但し、平和憲法ですから専守防衛ですな。こちらから仕掛けることはありませんぞ。だから必要最小限の武器があれば良いのです。

言わせていただければですな、そもそも我が国は独立国家なのですか？　戦後一貫して某国に唯々諾々と付き従い、まるでポチじゃないですか。私は断固として……」

「先生、そのへんで！」

駐在が代議士の袖を引っ張って演説をとめた。

「それに、ここには電気も水道もないのでしょう。不便じゃございませんの？」

「なまじ電気なんか当てにするから、いけないんですよ。我々には、電気もテレビも携帯だって必要ないですよ。世の中のことを知るには三日遅れの新聞で十分ですよ」

「それでお仕事は、お食事はどうしていますか？　お食事もバランス良く摂りませんと、身体に良くありませんことよ」

「ごもっともな忠告です。どうですか、ちょっと味見をしてみては。我々のような人間が、どんな食事をしているかを知るのも良いことでしょうからね」

駐在が、お椀に鍋から具を掬って渡した。

「さあ、どうぞ」

おばさんは、おっかなびっくり、ちょっと不安そうだったが、箸で一口食べると、

「まあ、だしが出て美味しい。これなんの肉かしら？」

汁も旨そうに飲み干した。

「これはですね、所謂ドッグフードですかね」

駐在が厳かに言った。

「おいおい、これドッグフード、犬の餌かよ」

代議士が思わず箸を止めた横で、おばさんは口の辺りを手で押さえていた。

「犬の餌じゃないよ。失礼な。餌の犬だよ」

「餌の犬、それって犬の肉ってことかよ？　何処で捕まえたんだ」

「ぎゃー……」

おばさんの口から、猫を踏んづけたような悲鳴が起こった。

「あわわ……なんてことを……」

「冗談、冗談ですよ。これは豚肉です。大丈夫ですからね」

駐在は大慌てであった。

「おいおい、脅かすなよ。女性に対して失礼だよ」

おばさんもやっと冗談だと分かったようで、汗を拭いていた。

「それにしても、この肉かたいな。それにこの野菜は何だ。レタスにセロリ、キャベツの茎まで入っているぞ」

「いやー肉はちゃんとした豚肉だよ。間違いない。ちょっと冷凍しすぎで干からびているがな。野菜は屑を貰ってきたからな、仕方がないだろうよ」

駐在は、おばさんを驚かさないようにさらりと言った。

「まあ、それぞれね、こうやって食っていますよ。それで皆さんは何をしようとしているんですか？　冗談はさて置き」

代議士は真顔になった。

「私たちは、皆さんは違うかもしれませんが、社会の底辺に置き忘れられた弱者の方の少しでも役に立てればと、活動しています」

ドッグフードを食べなかったおばさんが応えた。

「具体的には？」

学者が口を挟んだ。

「具体的には、ホームレスの方に、食べ物を提供したり、住む所を斡旋しています。必要なら生活保護の申請もお手伝いします」

「それをボランティアでやっているわけですか。ご立派ですね」

学者の言葉を額面通り受け止めたのか、おばさんはすまし顔で、

「まあ、世の中の弱者に手を差し伸べるのは、市民としての義務でございますものね」

「でも東京だけで何万人ものホームレスがいるんでしょう。これからだって、何万人、いや何十万人もの予備軍が控えているわけでしょう。失礼ですが、焼け石に水じゃないのですか？皆さんのやっていることは」

「そんなことはありませんわよ。現に私たちを必要だと言ってくれる人たちがいるんですから」

「でも、資金的バックボーンがあるんですか？　ＮＰＯ活動も、お金が無くてはどうにもならないでしょうが」

「それは、仰る通りですけど」

「まあ、日本人はね、絶海の孤島が外国に盗られそうだと言って、何十億の寄付をするくせに、こと自分の周りにいる弱者には見向きもしないからな」

「慈善活動というと、外国じゃあ教会が一番熱心だけどな。やっぱりこういった活動は宗教の違いかもな」

「おい、代議士先生よ。坊主が慈善活動やったなんて聞いたことがないぜ。あいつら、金儲けばっかりかよ」

「何を言う。拙僧のような人間は、自ら世の底辺にあって、貧しい人々の為にボランティア活動を行っているではないか。南無阿弥陀仏……」

「皆さん、今はお元気でしょうが、そのうち病気になられたらどうしますか。齢を取って動けなくなったらどうする心算ですか？　誰かに縋らなくては生きていけないでしょうよ。私たちはそれを言っているのです」

「なるほど、あなたたちは、勝者で安全地帯にいるかもしれない。そこから弱者、つまりは敗者に憐れみを掛ける。結構なことですよ。でもそんなの偽善ですよ。それだけの金と暇があるなら市民運動を通じて世の中を変えることですよ。政治を変えることですよ」

段々と学者は早口になっていた。

「学者さんよう、良いこと言うね。おばさんね、あんた子供いるかい？　よくよく因果を言い含めておくんだね。そうしないと将来孤独死するよ」

「まあ、失礼ね。私の子供はそんな子じゃありませんわ。それに、私たちは子供に頼らなくたって、老後を暮らしていけますから。ちゃんと蓄えもありますしね」

「そうかい、結構だね。でもね、安心しない方が宜しいですよ。子供たちだって、親の遺産を当てにしていますからな。内心では早くくたばってしまえと思っているかもしれないしね。それに、今の馬鹿政治家どもがやっている限り、危ないな。年金だって、健保だっていつまでもつか。それに、このまま行けば早晩、国は財政破綻でしょうが。ハイパーインフレですよ。大変だなー財産のある方は。パーですよ、パーになるんですよ！　その点我々は何の心配もないですからね」

代議士が両手でパーの仕草をし、最後は勝ち誇ったように言うのだった。

「まあまあ、そう難しい話はさて置いて、奥様方、食べ物は間に合っているんですが、お酒を頂戴するわけにはいきませんか。次においでの際は是非お酒をお願いしますよ」

「何を言っているのよ。あなたたちのような失礼な人たちは初めてだわ。人が心配してやっているのに。勝手に野垂れ死にしたらいいのよ。帰りましょう」

「本当に失礼よ。馬鹿にしているわ。ひとに犬の餌を食べさせるなんて」

女たちは本当に怒って帰って行った。

「ざまーみろ。偉そうに。何様だと思っているんだ。あれは本当は犬の肉だからな！」

代議士が女たちの背中に毒づいていた。

「えーえ、やれやれ。おばさんはもう沢山だぜ。今度はもう少し若い娘にしてくれないかね」

大鍋の底の方には、まだ細切れになった野菜が残っていた。駐在がお玉で肉を探していたが、なかなか見つからなかった。諦めて、野菜の屑を掬って口に入れながら、

「しかしよー、代議士先生。あんたの言う通りだぜ。これから世の中どうなっちゃうのかね。今の若い奴ら、結婚しないし、子供作らないしな。馬鹿政治家といいかれ役人どもは、借金と原発のゴミだけは山ほど拵えてあるからな。おまけに年寄りも。国中年寄りだらけになるぜ」

「ああ、俺たちももうすぐその年寄りになるのさ。どうしようもないゴミの山にな……結局悪いのは俺たちかもしれないな。こうなることは分かっていたのに、何もしてこなかったんだから」

代議士の声にはいつもの歯切れの良さはなかった。

「そうだ。一時の快楽を求めて、将来を顧みず刹那的に生きてきたんだからな。確かに悪い……。まあ良いか！　俺たちの時代は終わったんだよ。ケセラセラーなるようになるだ」

駐在の一オクターブ高いおふざけも、何だか湿っぽかった。

「そうだよ。年寄りはな、昔のように早く死んだ方が良いんだよ。長生きしすぎると碌なことがないんだ」

社長が誰にともなく言った。

十二月になると、朝晩は冷え込んでいた。ブルーテントの中にいても寒かった。夜中に社長がよく咳き込んでいるのが聞こえた。

今朝、一番に起き出してきたのは学者だった。いつもなら、社長が火盥に火を起こしてくれるのだが、姿が見えなかった。漸く火が燃え上がった頃、駐在と球児が寒そうに火の傍に寄ってきた。

「うう、寒いな」

「おや、社長は？」

球児は火に手をかざしながら辺りを見回していた。

学者が社長のテントをそっと開けて中へ入って行った。

「社長、大丈夫ですか？」

「ああ、学者か。ちょっと熱っぽくてな。風邪でもひいたんだろうよ。年かな」

気怠そうな声を出した。

「じゃあ、朝ごはんはお粥にしましょうか。横になっていてください。すぐ作りますから」

「すまんな」

学者は、昨夜の残りのご飯でお粥を作り、卵を一つ落として掻き混ぜていた。

「何だ、社長は風邪かよ？」

駐在が、自分のテントから梅干を一つ持ってきて、お粥に載せてやった。

「社長、お粥ですよ。熱いからね」

学者が装ってくれたお粥をフーフー言いながら食べ始めた。

「お粥って旨いな。……梅干が良いよな」

梅干の酸っぱさが口いっぱいに広がっていた。

社長は別れたきりの息子のことを思い出していた。

「俺には、息子がいてさ。あいつももう四十を幾つか過ぎたはずだな。何処でどうしているのか。……あんた、親御さんは？」

「僕のですか？　二人とも亡くなりました。碌に親孝行もしないでね。でも、お墓だけは造りました。それも、供養料払ってないからどうなったでしょうね。無縁仏かもね」

社長は茶碗を置くと、「ありがとうよ。食べたら温かくなった。これで寝れば元気になるさ」

ベッドに横になった。

「社長、後で風邪薬買ってきますよ」

「ああ、頼むよ」

球児は、学者がお粥の入った鍋を持って出てくるのを待っていた。

「社長、どうだい。風邪か？」

球児の眉間に皺が寄っていた。

「うん、でもお粥食べたから大丈夫じゃない。風邪薬買ってくるわ」

学者が自転車を押して坂道を登って行った。

夕方、辺りは既に暗かった。火盥の傍には学者と代議士が座っていた。いつもなら社長が真ん中に座って、薪をくべているはずだった。

学者が何かを感じたのか、社長のテントを覗いていた。

「社長さん！　起きていますか？」

返事がない代わりに鼾が聞こえてきた。しかもかなり大きな鼾で、座っている代議士のところまで聞こえてきた。

「おい、やばいぞ」

代議士は飛び上がるようにして、テントに近づいてきた。

「おい、脳梗塞か、くも膜下だ。救急車だ」

代議士の声に、弾かれたように学者が駆け出して行った。代議士は、社長の胸のボタンを外し、腰のベルトを緩めてやった。腹の辺りに手をやると硬い物に触れた。腹巻に入れた財布だった。中を見ると、万札が数枚と健康保険証が入っていた。

これで病院代は何とかなると思った。

しかし、時間とともに、社長の鼾が小さくなるようだった。

「ピーポー、ピーポー」

堤防の上を救急車がやってきていた。学者が手を振って知らせていた。やがて、学者に先導された救急隊員が担架を持って駆け下りてきた。

「急患は何処ですか？」

「こちらです」

代議士が、テントを開けると、隊員たちは慣れた手つきで、社長を担架に乗せて運んで行った。

「おい、学者。俺たちも行くしかないだろう」

代議士と学者も救急車に乗り込んでいた。

救急車は街中をサイレンを鳴らして走っていた。社長の顔には酸素マスクが付けられていた。

救急車が市立病院に着くと、すぐに集中治療室へ運ばれていった。

待合室で、どうしたものかと思案気な二人に、病院の事務の人間なのか、近づいてきて声を掛けた。

「今の救急患者さんの身内の方ですか？」

「いや、身内じゃないのですが。まあ、知り合いという程度です」

「とにかく、お名前と住所と、健康保険証をお持ちでしょうか？」

「はあ、健康保険証ならここにあります」

代議士が社長の財布から取り出して事務員に渡すと、相手は安心したのかほっとした顔をした。病院代の心配をしたのであろうか。

二人は他に誰もいない待合室で待っていた。窓の外は真っ暗で、夜明けにはまだ間があった。看護師が二人を呼びに来て付いて行くと、集中治療室から医師たちが出てくるところだった。中の一人が、二人に「残念ですが、三時十分、お亡くなりになりました。この後の処置は看護師の方から聞いてください。失礼します」

頭を下げて去って行った。

暫く待たされた後、二人は霊安室に呼ばれた。地下の突き当たりの部屋であった。社長が白い布を被せられてベッドに横たわっていた。

「朝になりましたなら、葬儀屋さんを手配して、ご遺体を搬出していただきたいのですが」

事務の人間が事務的に言うのに、二人は顔を見合わせた。

「はあ、そう言われてもねえ。私ら身内の人間でもないしなあ。困ったなあ」

「えっ！　身内の方じゃないんですか？」

「違うんですよ。偶々一緒にいたというわけでして」

「では、身元引受人なしということですね。じゃあ、市役所に連絡するしかないですね。市役所の職員が来るまで待合室で待ってもらえますか」

九時が過ぎる頃、やっと市役所の人間が現れた。

「市の者です。お亡くなりになりました方は、黒澤孝三さんに間違いありませんね」

「はあ、確かそんな名前でした。そうだよなあ？」

代議士が学者に同意を求めていた。

「そうです。間違いありません」

「それで、皆さんは、この黒澤さんとはどういう関係でしょうか？」

「関係って、偶々一緒にいたっていうか、顔見知りだったというか……」

代議士の歯切れは悪かった。

「そもそも、この方は何で河川敷で倒れられたんですかね。皆さんが救急車を呼んだんですよね？」

「何でって、つまり、一緒に住んでいたからですよ」

「はっ、河川敷にですか？　……あーそういうことですか。黒澤さんも皆さんも、ホーム……」

男がお終いまで言わないうちに、代議士が怖い顔を男に向けていた。

「分かりました。この方には身内の方はいないのですね」

「いないと思うよ」

「まあ、一応東京都に問い合わせてみます。いずれにしましても、無縁仏として市の方で火葬します。もし、皆さんお別れにお出でになるなら、明後日の一時に火葬場の方に行ってください」

男は事務的にそれだけ言うと、何処かに携帯電話を掛けていた。

二人は、手を合わせるとその場を離れた。

「社長、あっけなかったな。本当にピンピンコロリだったなあ」

「そうですね。あんまり苦しまなかったでしょうね。でも、確か息子がいるって聞いたことがありましたがね」

「うん、俺も聞いたよ。でもしょうがないだろうよ。今更」

代議士が言いながら大きな欠伸をすると、学者もつられて欠伸をしていた。

寝不足の二人の目には太陽がまぶしかった。


四人は市の火葬場にいた。

社長の遺体は粗末な棺桶の中に入れられていた。球児が手に持っていた菊の花を顔の周りに飾ってやった。学者は、社長の奥さんの位牌を胸の上に載せてやった。棺桶の蓋が閉じられた。

「観自在菩薩　行深般若波羅蜜多時　照見五蘊皆空……」

代議士が低い声で般若心経を唱えていた。

二時間ほどで社長は小さな素焼きの骨壺に納められてしまった。

四人はとぼとぼと歩いていた。誰も口をきく者はいなかった。学者が骨壺を抱いていた。

テント村の火盥の火は、いつものようにパチパチと音を立てて燃えていた。

「社長の骨どうする。ここに置いておくわけにもいかないっぺよ」

球児の問いかけにすぐに応える者はいなかった。ここに座っている誰もが、死はもう少し先のことだと思いたかった。しかし、自分のことでなくても、それが現実に目の前に起こったことに思いを巡らせていた。

『老・病・死』それは誰もが、百パーセント逃げようのない冷酷な現実だった。

「実は、もう一つ遺骨があるんです。奥さんのが。いずれにしても、一緒にしてあげなくてはいけませんよね」

皆は学者の話を黙って聞いていた。

しばらくの間、沈黙が続いていた。

「川に流してやろうよ。奥さんと一緒にな」

代議士がやっと口を開いた。

「そうだな。それが一番だっぺよ。社長もしみじみするべよ」

「俺も賛成だな」

「善は急げだ。明日だな」

「何処が良いですか？」

「夫婦の道行きだ。やっぱり矢切の渡しが良かっぺよ」

「よーし、決まりだ。明日の午後な」

翌日、冬の弱い日差しの中、堤防の遊歩道を川下に向かって自転車をこぐ四人の姿があった。

暫く下ってゆくと、江戸川の矢切の渡し場に着いた。年老いた船頭が客待ちをしてるところだった。

「おやじさん、頼まれてくれないか」

「ああ、乗りな」

船頭はワイヤーロープを操りながら、船を向こう岸目掛けて進ませていた。川の真ん中に差し掛かった時だった。

「おやじさん、すまんがちょっと止めてくれ」

「えー、何すんだよ？」

「ちょっと訳ありなんだ。頼むよ。酒代はずむからよ」

船頭は長い竿を使って器用に船足を止めてくれた。

学者と代議士が手に持っていた骨壺を船べりから傾けると、さらさらと白い砂のように川面に滑り落ちていった。青空に浮かんだ二つの白いすじ雲のように、川面を流れていき、やがて一つになると視界から消えていった。

空になった骨壺を、そっと水に浸し手を放すと、ゆらゆら揺れながら流れ、そして沈んで行った。

駐在が名もない道端に咲いていた黄色い花をそっと流してやった。球児はポケットからワンカップを取り出し、蓋を取り、川に注いでいた。

「……羯諦羯諦　波羅羯諦　波羅僧羯諦　菩提薩婆訶般若心経……」

代議士の般若心経が低く流れていた。皆はそれぞれの想いで、手を合わせていた。

「おやじさん、悪かったな。もう良いぜ」

「もう良いって、どうするね。戻すかよ」

「ああ、そうしてくれると有り難いな」

船はゆっくりと向きを変え、元の船着き場に向かった。

「社長たち、何処に行くのかな」

「ああ、この先は東京湾よ。きっと大田区の沖まで行くだろう。社長と奥さんの暮らした大田区にな」

「うん、二人は手に手を取って彼岸に達するのさ」

代議士がまたお経を唱え出した。

「社長は幸せだよな。こうやって皆に見送られて逝けるんだから」

誰かの声がやけにしんみりと聞こえてきた。

「そうだな。……――村を捨て家を出て、灯に誘われる蛾のように都会に出てきた人間の宿命なるか――。その末路は惨めなもんさ。俺たちに安らぎはないな」

駐在の調子外れの浪花節だが、何だか皆の胸に堪えたようだった。

やがて元の船着き場に着いた。代議士が、社長の財布から千円札を数枚取り出して船頭に渡そうとしたが、船頭は、受け取らなかった。

「金は受け取れないぜ。第一あんたたち向こう岸まで渡っちゃいないんだからな。まあ、線香の一本でもあげてやってくれ」

「そうかい、おやじさん、世話になったな。仏も喜んでいるだろうよ」

四人は自転車を押しながら、堤防の道を上流に、西に向かって歩いていた。傾いた冬の日差しが眩しかった。眉をしかめて黙々と歩いていた。

「俺、社長から預かった金持っているんだ。どうだい、これから社長の供養をしてやらないかい」

代議士が財布を取り出して言った。

「そうだなあ、社長と奥さんとの道行きだな。新しい門出を祝ってやろうぜ」

「よし、俺がひとっ走り行ってくらあ」

球児が自転車で駆けていった。

三人が火の回りに座っていた。社長が座っていた椅子が一つぽつんと置かれていた。薪をくべても煙いだけで気勢が上がらなかった。球児が、両手に抱えきれないほどの荷物を抱えて帰って来た。

「おーし。ぱーっとやろうぜ。酒も食い物もあるぞ！」

「そうだ、元気出してやろう。社長の供養だ」

一升瓶を回してコップになみなみ注いだ。

「社長の旅立ちを祝って、乾杯！」

「乾杯！」

四人の声が響いた。皆は努めて明るく振る舞っていたが、一人欠けた寂しさを、それぞれが噛み締めていた。冷たい酒が奥歯に沁みていた。

その時、男たちの宴に誘われるように、一人の男が近づいてきた。

「あのう、すいませんが」

背広の上に薄いコートを着て、背中にナップザック、手には旅行鞄を引き摺っていた。

「あれ、なんだい、寒いのか。こっちに来て火に当たれよ」

男は遠慮がちに近寄ってきた。

「失礼します」

どう見てもホームレス候補者であった。

「まあ、一杯飲めよ」

球児がグラスに酒を注いでやった。

「有難うございます」

男は酒を飲んで安心したのか、火に手を翳していた。気勢が上がらない酒盛りよりも、皆の関心が男に移っていたようだ。

「あのう、今晩ここ泊まっても良いでしょうか？」

男の目が落ち着きなく皆の顔を見回した。

「泊まるって言ったって、野宿するわけにはいかんだろうよ」

「はあ、寝袋は持っていますから」

「ふーん、まあ構わないけど。ともかく飲めよ。もっと食えよ……で、行く当てがないってことかな」

「はい、そうです」

男は素直に頭を下げた。

「友去りゆかば、又友現るか。……あんた、ここで暮らすかい？」

「えっ、宜しいんですか。お願いします。お仲間に入れてください」

男は嬉しそうに、立ち上がると皆に頭を下げて回った。

「学者さんよ、社長のテントはあんたが引き継ぐんだろうよ。あんたのテント貸してやれよ。皆も良いだろう？」

代議士の提案に反対する者はいなかった。

「よーし、あんたは今日からこのテント村の住人だ。宜しくな」

「はい、有難うございます。私、自己紹介させていただきます……」

「まあ、いいよ。お互い脛に傷ある身だ。あんた、サラリーマンかい？」

「はい、失業しました。元は証券会社の営業をやっていました」

「ふーん。リーマン・ショックを食らった口かな。ちょうどいいや。あんたをリーマンと呼ぼう。どうだい皆？」

「良いんじゃないの。リーマンさん宜しくな」

「よし、去り行く友と、新しい友の為に乾杯だ」

「乾杯！」

男たちの一際高い声が響き渡った。

冬の太陽が沈もうとして、川に架かる鉄橋を赤く染めていた。川は音もなく、川面を煌めかせながら、ゆっくりと流れていた。五十年前もそうであったように、五十年後も同じ姿で流れていくのだろうか。


――行く川の流れは絶えずして、しかも元の水にあらず。淀みに浮かぶ泡沫は、かつ消えかつ結びて久しくとどまることなし

『方丈記』――

人は誰もが、その刹那刹那を生きている。

男たちもまた、長い影を引き摺りながら、今この瞬間を生きているのだ。男たち、サンセット・ボーイズ！

完

あとがき

「ミレニアム」、夢の二十一世紀が来ると言って世界中が馬鹿騒ぎをしたのは、いつのことであろうか。しかも、コンピュータの誤作動により、金融機関や交通機関、社会インフラが麻痺する。挙げ句はミサイルが誤射されるなどとマスコミに踊らされ、とどのつまりがＩＴ業界を大儲けさせただけであった。

あれから十五年、昨日のことのような気がする。

日本はバブル崩壊から何も変わっていない。いや、リーマン・ショックや東日本大震災の影響もあり、むしろ悪くなっている気がする。失われた二十年と言われるが、その間、政府のやってきたことと言えば、相も変わらぬ「ばら撒き」による景気浮揚策の一点張り。挙げ句の果てが、日銀による大規模な金融緩和と国債の大量購入であり、もはや、国の借金は一千兆円を超えてしまっている。ギリシャの比ではない。

それでも、政府も似非経済学者も、経済成長が全てを解決するとのＧＤＰ至上主義を頑なに信奉し続けている。彼らの理屈では、国家の発展は一部の大企業の牽引により成しうるものであり、その為には、なによりも企業が国際競争に打ち勝っていける環境を整えることこそ重要である。その結果、税負担の変更により低所得者がますます困窮しようが、非正規労働者や長時間労働が増えようが仕方がないという政策である。

しかし、それが今日、貧富の差がこんなにも拡大してしまった要因であるのは否定できない事実であろう。

今年は戦後七十年の節目の年である。もはや、戦争の実体験を語れる人は少ない。大多数の国民にとって、他人事である。だからと言って、過去に目を瞑っていいはずはない。

団塊の世代の人間にとって、重要な節目と言えば、十年目の昭和三十年、二十年目の昭和四十年ではなかろうか。

昭和三十年であれば、当時小学校の一・二年生、昭和四十年は高校生であったであろう（もちろん、中学校で卒業し働いていた方もいただろう）。自分の成長の軌跡と世の中の出来事とを重ね合わせて、鮮明に記憶しているのではないだろうか。当時を振り返ると、皆貧しかったし、虐めや体罰も存在したが、それでも何だか幸せだった気がする。

昭和三十九年の東京オリンピック、連日白黒テレビの前にくぎ付けになったのを思い出す。それは、国中の人々が戦後の復興を祝った一大イベントであり、戦争の呪縛から解放された瞬間であったのかもしれない。

オリンピックと言えば、今から七年前の北京オリンピック、当時日本のマスコミは挙ってその環境の劣悪さをあげつらっていた。曰く、「大気汚染でマラソンが出来ない」だの、「食べ物に何が入っているか分からない」だの。

昭和三十年代、四十年代を生きてきた者には笑止千万である。東京をはじめとした大都市の、大気汚染や光化学スモッグ、隅田川も神田川もどぶ川だったことを思えば、驚くにはあたらない筈である。

やがて、高校・大学を卒業すると都会へ出て働きはじめたのであるが、皆、高度経済成長の波に乗って懸命に働いた。まさに「エコノミック・アニマル」の一翼を担ったのである。

今日本には、ほんの一握りの大金持ちがいる反面、その数倍の貧困者がいると言われる。人生の成功者は、己の能力の高さと努力の所以だと言うであろう。では、敗者即ち貧困者は、自堕落な生き方ゆえに自業自得なのだろうか。それも無いとは言えないだろうが、むしろ、ちょっと他人より運が悪かっただけのことかもしれない。

これは、そんな人生に黄昏れた男たちの物語である。登場する男たちは、お互いの本名も過去も知らない者同士、栄光と挫折の陰を引きずりながら今日を生きていくのである。

でも、男たちが特別な存在だとは言い切れまい。彼らに似た人間は何処にでも、あなたの周りにだっているでしょうし、ひょっとしたらあなた自身かもしれない。

本当のホームレスの方からは、「そんな甘っちょろいものじゃない」とお叱りを受けるかもしれない。今、東京圏だけでも数千人のホームレスの方がいると言われている。行政も何もしないで手をこまねいているわけではなく、援助の手を差し伸べているのだとは思いたい。それでも、ホームレスの数は減らない。

ホームレスであり続ける理由は何であろうか。生活保護の申請を却下された者もいるであろうが、中には、他人の施しを受けるのを潔しとしない、何よりも束縛されない自由を愛する男たちがいるのかもしれない。

団塊の世代のことを、「食い逃げ」「滑り込みセーフ」と言う人がいる。今のところ、年金も健康保険制度も機能している。だからと言って安心できない。少子高齢化がますます進むことを考えると、いつ何時、破綻しないとも限らない。

それにしても、一千兆円を超える借金や増え続ける原発のゴミ、加えて年寄りの面倒まで負わされる若者たちのことを考えると安穏とはしていられない。

『そうだ、選挙に行って政治を変えよう。デモにも参加しよう。皆で声を上げよう』と考えるのである。

二〇一五年八月二十日

菊池次郎

菊池　次郎（きくち　じろう）
1949年1月北海道に生まれる

サンセット・ボーイズ

2015年11月25日　初版発行
著　者　菊池次郎
発行者　中田典昭
発行所　東京図書出版
発売元　株式会社 リフレ出版
〒113-0021　東京都文京区本駒込 3-10-4
電話（03）3823-9171　FAX 0120-41-8080
印　刷　株式会社 ブレイン

ISBN978-4-86223-904-4 C0093
Printed in Japan 2015

ご意見、ご感想をお寄せ下さい。
［宛先］〒113-0021　東京都文京区本駒込 3-10-4
東京図書出版